哈罗德·路克拉夫特
Harold W.Lucraft

国际刑事警察机构（Interpol）
电子犯罪搜查局圣彼得堡支局·电索科
电索辅助官【Belayer】

　　金发碧眼的超高性能人形机器人"阿米克斯"，脸皮厚到完全不像机器人，时常让埃缇卡感到恼火，但对待工作十分执着；规格远超普通阿米克斯，拥有非同寻常的观察力，身世充满了谜团。

记忆缝线——"YOUR FORMA"

用于记录大脑经历的所有事情，包括视觉、听觉，甚至是情绪——

埃缇卡·希尔达
Echika Hieda

国际刑事警察机构
电子犯罪搜查局总部·电索科
电索官【Diver】

天才少女，拥有超强的信息处理能力，世界最年轻的电索官。因电索能力太强，多次烧坏辅助官的大脑，致使他们住院，从而被周围人孤立。幼年时期受过心理创伤，因此讨厌所有机器人。

比嘉
Bigga

少数民族萨米族少女，住在挪威的"机械否定派"住宅区。是埃缇卡和哈罗德在追查知觉犯罪事件时遇到的重要线人。实际是一名优秀的生物黑客。

史蒂夫
Steven

与哈罗德长相极其相似的阿米克斯。脸颊那颗痣的位置恰好与哈罗德相反。在大型IT企业"利格西提"担任顾问秘书。似乎曾经与哈罗德共事过，但不愿提及过去。规格与哈罗德相同，但性格极其古板。

名 词 介 绍
[DATABASE]

YOUR FORMA

也被称作"记忆缝线",是一种线状智能装置,需要通过激光手术植入大脑。最初的开发目的在于治疗神经疾病等,现在更多是作为信息终端机使用。世界级 IT 企业"利格西提"植入广告功能后,价格大大降低,在普通市民间也得到了普及。

机忆

YOUR FORMA 的功能。用于记录植入者的视觉、听觉,甚至是情绪。经过特殊训练的电索官能够连接特定对象的 YOUR FORMA,潜入机忆的集合体并进行阅览。

电索

使用专用代码连接特定对象的 YOUR FORMA,阅览机忆的行为,有望在犯罪搜查领域做出巨大贡献。但因为电索官不足和个人隐私的问题,目前只运用于国际刑事警察机构管辖的部分重大案件。

电索官 / 电索辅助官

具有与 YOUR FORMA 适配性较好、抗压能力较强等优点的特定人才才能胜任的特殊职业,均隶属于国际刑事警察机构。电索官无法自行控制电索结束的时间,因此需要辅助官的协助。电索官的信息处理能力越高,辅助官的大脑负荷越重。

阿米克斯

人形机器人的总称。与"重视工作效率"的产业机器人相比,阿米克斯的开发更注重"与人类相仿"。至于是该将他们视为"朋友",还是"机器",社会掀起过激烈的争论,但目前还是"朋友派"略占上风。部分发达国家甚至打算立法保护他们的基本人权。

利格西提

总部位于硅谷的世界级 IT 企业。借助医疗用细线装置技术,开发出了大脑侵入型信息装置"YOUR FORMA",并植入了广告功能,使得该装置在普通市民间得到普及。顾问泰拉是举世难求的 IT 革命家,同时也是出了名的重度"社恐",从未在媒体面前露面。

YOUR FORMA

Electronic Investigator Echika and her Amicus ex Machina

目录
CONTENTS

001	序　章	暴风雪
009	第一章	机械装置搭档
071	第二章	散落的糖果
137	第三章	记忆、机忆及其桎梏
189	第四章	证明伴随着痛苦
247	终　章	冰雪消融

明年6月举行即位纪念典礼 是否会捐赠最新款阿米克斯？

4日，英国王室宣传部正式宣布，温莎王朝第四任女王玛德琳①即位60周年纪念典礼将于明年6月5日举行。伦敦诺瓦尔智能机器人公司得知该消息后透露，向女王捐赠阿米克斯机器人的项目正在进行。此次计划捐赠三台阿米克斯，是专门面向皇室研发的 Royal Family（RF）型机器人。它们在规格上不同于传统的阿米克斯，是采用独家最新技术改良而成的新款通用型人工智能。女王向各大媒体表示了对阿米克斯的热烈欢迎，并表示："我们正在为它们起名字。"（相关报道见第23页）

摘自《泰晤士报》，2014年3月5日

讣告

科技公司"利格西提"（总部位于加利福尼亚州圣克拉拉县）的前员工，为开发和普及侵入型复合现实装置"YOUR FORMA"作出了巨大贡献的悠聪·希尔达（YOUR FORMA 开发团队的程序员）于12日在瑞士自杀协助机构"芬斯特"去世，享年44岁。芬斯特在接受媒体采访时承认了这一事实，并斥责这些报道侵犯了死者的隐私。"利格西提"在接受本报采访时表示："我们表示诚挚的哀悼，但不便对离职员工的动向发表评论。"葬礼由家中亲属操办，丧主是长女埃缇卡·希尔达。

摘自《洛杉矶时报》，2020年6月16日讣告栏

---

① 本书一切角色皆为虚构，与现实无关。——译者注

序章　暴风雪

YOUR FORMA

记忆缝线 1

我可不想变成这样的大人——这种想法时不时闪过脑海。

"所以,受害者说病房的积雪有几厘米?"

"他说注入运作抑制剂之前,大概有五十厘米。外面刮着猛烈的暴风雪,抑制剂一旦失效,很快会引发失温症吧。"

巴黎市内的布鲁比埃加雷医院今日难得没有消毒水的味道。埃缇卡走在住院大楼的走廊上,目光看向前方两个男人——身穿白大褂的医师和同事班诺·克雷曼。班诺今年二十六岁,有着德国人特有的棱角分明的面孔,留着一头整洁的亚麻色短发,给人一种神经质的印象。埃缇卡已经和他共事了两个星期,但关于他的个人情况,埃缇卡只知道他有个小他两岁的女友。

"所以,我们要连接感染者的YOUR FORMA,调查清楚病毒的感染途径。"班诺开口道。

"我知道,电索对吧?阅览YOUR FORMA中记录的行动轨迹和机忆,查明感染地点和感染方式……但这还是第一次遇到会出现暴风雪幻觉的自我繁殖型病毒。"

"华盛顿特区的医生好像也说过同样的话,还断言说这肯定是新型病毒。"

"华盛顿的是首例呢。我们这是第二例,算走运了,幸亏有前面的经验,我们才能正确应对。"

窗外,塞纳河正缓缓流淌。在寒冬冷冽阳光的照射下,水面泛着点点波光,平静到令人感到烦躁。

"不过……"医师强忍着呵欠说,"虽然没你们那么辛苦,但我也一样没办法好好休息。希望你们能尽快解决。"

"夜晚时段可以把工作交给机械装置朋友(阿米克斯机器人)吧?"

"能胜任的部分当然会交给他们,但不能给他们太多压力,不然太可怜了。"

"可怜?他们只是机器,该用的时候不用,岂不是亏了。"

"原来如此。看来你是'机械派'啊。我是'朋友派',总会忍不住代入个人情感。"

班诺尴尬地耸了耸肩,离开医师身旁,朝埃缇卡这边走来。从他的表情很容易看出,他又要开始千篇一律的忠告了。

"听好了,希尔达。这次只需要潜入表层机忆。想办法调查清楚感染途径,找嫌疑人的线索。"

果不其然。

"不是我抬杠。"埃缇卡语气平淡地说,"将我这种电索官控制、抽离的工作,是你们这些辅助官应该做的吧?换句话说,决定潜入深度的并不是我,而是你吧。"

"有时候即使我想把你抽离出来,你也会带着我一起下沉,所以我才特意叮嘱一句。算起来,你已经三次害我大脑负荷过重,差点烧断神经。你想变成杀人犯吗?"

"我顶多害人进过医院,但从没有杀过人。"

"难怪谁都做不久。"班诺的语气里夹杂着一丝唾弃的意味,"听好了,天才少女。我们调查其他案件的时候,同事们可是拼死进行电索才找出感染源。这次你得做出点成果来。"

"我一向能做出成果。"

"我刚刚没表达清楚,确切来说,是在不损坏搭档的前提下做出成果,明白没?"

班诺丢下这番话后,回到了医师身边。埃缇卡用鼻子轻呼了口气。自己已经被他讨厌到了无以复加的地步。不过,她从来不会努力地讨好谁。所以,即便她和班诺的关系日渐恶化,她也从来不放在心上。

说来遗憾,正如班诺所言,这段关系不会持续太久。

医师带两人来到了一间豪华单人病房内。单调沉闷的病床上躺着一名法籍青年,这会儿睡得正沉。他就是这次在巴黎传播开来的病毒的感染源。

病房里除了埃缇卡几人,还有一名阿米克斯护理师。护理师为三十多岁的女性模样,长相端正,不会让人觉得反感,是市面常见的量产型机器人。

"辛苦了。"阿米克斯露出柔和的微笑,"十二分钟前刚给病人注射过镇静剂,目前状态稳定,病人也已签署电索同意书。"

"初次见面,你好,奥吉尔先生。"班诺向熟睡的青年出示证件,"我们是国际刑事警察组织(Interpol)电子犯罪搜查局的班诺·克雷曼电索辅助官和埃缇卡·希尔达电索官。我们将按照国际刑事诉讼法第十五条规定,对你的YOUR FORMA行使连接权。"

医师不禁笑了起来:"他还处于熟睡状态,这么做有意义吗?"

"这是例行事项,不照做的话偶尔会被投诉。"

"开始吧,班诺。连接吧。"

埃缇卡从大衣的内侧口袋里掏出安全绳。那是一条外形酷似丝线、两端带有接头的电缆。埃缇卡和班诺分别将接头拉到自己的后颈处,插到植入皮肤内的连接端口上。

"接下来连接探索线。"

埃缇卡话音刚落,班诺便将探索线连接到青年的后颈处,并将接头丢了过来。这根线的规格比安全绳略粗。埃缇卡接过探索线的接头,接到自己的第二个连接端口上——这种方式被称作三角连线(命名方式有些随便),是通过电索调查大脑时会用到的基本连接方式。

"希尔达,对病毒感染者用的防护茧情况如何?"

"没有问题。还在正常运作。"

"那就赶紧去吧。"

记忆缝线 1

埃缇卡下巴一收,下一秒便坠落到感染源的脑海中。

卢森堡公园冬日的萧条景色映入眼帘。大口吃着从面包房买来的巧克力可颂,暖暖的幸福感顿时将自己团团包围。感染源的名字叫托马·奥吉尔,是理工类精英养成教育机构的学生。从表层机忆——过去一个月发生的事情来看,他习惯每天在这家公园吃早餐。

吃完早餐后,他坐进法国产的共享汽车里。不知为何,他有些兴奋。接下来要全天投身研究,他似乎很期待。车窗外飞速流转的街景中充斥着带有蓝牙功能的最新运动鞋、改良型睡眠用耳机、碳纤运动服等最先进科技产品的广告,每一个都无比绚丽。这些应该都是奥吉尔非常感兴趣的商品吧。穿梭在大脑主人不断流入的情感中,埃缇卡继续下坠。

阅览机忆的同时,埃缇卡还要查看奥吉尔留在网上的足迹——电子商务网站的购买记录、影视网站的观看记录等。前往他的社交网站,破解并获取他的基本登录信息,处理上亿篇博文。因为立志要当工程师,他比较关注科技领域,万圣节连休期间还前往美国参加了"利格西提""克里亚索卢"等企业的参访活动。但头疼的是,怎么也找不到与病毒有关的线索。信息箱里主要都是他和家人、朋友的对话,广告也看不出任何猫腻。

原来如此……埃缇卡心想,同她从华盛顿负责搜查的电索官那里听来的一样,即使潜入感染源,也找不到嫌疑人的踪迹,连感染路径都无法判断。

表层机忆的电索已经结束，但班诺还未将她抽离。双方的处理速度相差太大，监控这边完全跟不上。埃缇卡继续加速下潜。糟糕！她穿过表层机忆，进到更深的中层机忆中。突然，"嗞"的一声，她感到后颈一阵麻痹。

"克雷曼辅助官！"

听到呼喊声，埃缇卡抬起头。视野瞬间切换，眼前的景象变成了病房。与此同时，连接线脱落，班诺跪倒在地。医师慌忙冲上前，但他已经失去意识，整个人一动不动。阿米克斯神色慌张地冲出病房。

啊，又是这样。

埃缇卡没有特别惊讶，只是呆呆地站在原地。她早就猜到班诺应该快要到达极限了。果不其然，没多久胸口便传来一阵刺痛，但她决定佯装不知。

电索官与辅助官的处理能力不匹配时，就很容易出现这种故障。他和埃缇卡的能力从一开始就不对等。即便如此，他们还是勉强成为搭档，这样久了难免会出事。

对埃缇卡而言，搭档故障已是司空见惯的事情。

过了一会儿，几名阿米克斯护理师推来担架车，把班诺运了出去。埃缇卡心想：在医院住上一个星期应该就会没事吧？以往都是如此。所以她决定保持沉默，极力压抑住内心剧烈翻滚但又不值一提的罪恶感。

"我之前也接诊过相似症状的辅助官。"

一旁的医师投来责备的目光,埃缇卡静静地做了个深呼吸。

"是克里达吗?还是艾格林?塞尔贝尔?还是……"

"够了。"医师的目光中透着一丝轻蔑,"我听他们说,机构有个烧断多名搭档的脑神经、将他们送进医院的天才。那个人就是你吧,希尔达电索官?"

埃缇卡知道,对方想听到的是"我不是故意的""没人想折磨自己的同事"诸如此类苍白而充满善意的回答,但再动听的话也无法抹去事实。埃缇卡早就深刻领会了这个道理。

"班诺会好起来的,只要使用YOUR FORMA,修复脑神经不是什么难事。"埃缇卡干脆面色冰冷地说,"先这样吧,感谢各位对这次搜查的协助。"

医师听闻,当即露出了难以置信的表情,埃缇卡却若无其事地离开了病房。

调查记录在YOUR FORMA上的信息,搜寻事件的相关线索——这就是电索官埃缇卡·希尔达的工作。

第一章 机械装置搭档

YOUR FORMA

1

当前气温零下七摄氏度，服装指数A，须做好防寒措施。

眼下已过上午八点，天空仍闪烁着微弱的星光。此刻，埃缇卡正位于俄罗斯西北区的普尔科沃机场的圆环处，飞机上看的心理恐怖片还在她眼前挥之不去。埃缇卡留着一头与下颚线齐平的短发，发色是日本人特有的亮黑色。包裹着纤瘦身躯的大衣、毛衣、短裤、裤袜、靴子等都是清一色的黑色。她也因此多次被人调侃"不知道的还以为你是乌鸦变的呢"。

顺着车流驶入圆环的车辆还亮着车头灯，写着西里尔字母的巴士不厌其烦地吞吐着乘客。埃缇卡与几名上下车的乘客目光相撞，那些人的姓名与职业等个人信息都以弹窗的方式显示在她的视野中。YOUR FORMA得到普及后，具备个人信息存取权限的公职人员可以通过目光对视提取对方的基本信息。对方的姓名、出生年月日、地址、职业等信息都会毫无保留地呈现在他们眼前。

话说回来，距离约定时间已经过去了十五分钟，班诺还没出现。

没办法了。埃缇卡舔了舔干燥的嘴唇，决定打电话。

给班诺·克雷曼拨打语音电话。

她将想法转化为文字，对脑中的YOUR FORMA下达指示，只听随时装备着的单侧耳机里响起单调的等候音。反正班诺也不会接，她心想。明知班诺有电话厌恶症，她还是故意拨通了他的电话，毕竟班诺心情好的时候偶尔会接听，而且她想直接对每次都迟到的他抱怨几句。

但事实证明，今天的他心情不算太好。经过一段时间的等待，电话自动挂断。随后，信息窗口在视野的一隅展开，埃缇卡收到他发来的信息。

我还在住院，昨天并没有去案发地，是十时科长骗了你。

科长骗我？埃缇卡下意识地皱起了眉头。

我按照科长的指示一直瞒到今天，不过我们的搭档关系已经解除了。

果不其然，她早就料到会解除关系，毕竟这种事也不是第一次发生，所以她并没有感到沮丧或失望。她更在意的是，十时科长为何要隐瞒至今日。她隐约有种不祥的预感。

当地的分局会派人替我去接你。你在圆环那边等着吧。

明白。对了，关于我的新辅助官，你有没有听说什么？

埃缇卡回了一条这样的信息，但班诺没有再回应。她很想生气，但仔细想想，毕竟是自己害得班诺住院。而且对方本就不喜欢自己，会被这样对待也是理所当然。

不过，又来了新搭档吗……

埃缇卡实在提不起兴趣，毕竟谁来都做不了太久。一般电索官和辅助官搭档的时间都是以年为单位计算，但埃缇卡是个例外，她身边的搭档顶多只能坚持一个月。因为她的信息处理能力高得惊人，没办法找到相匹配的搭档，每次都会让辅助官出故障。

她神色阴郁地将电子烟送到嘴边，正当她要吐出不含尼古丁和焦油的水蒸气烟雾时，YOUR FORMA当即发出"机场内禁烟"的警报。她忍住咂嘴的冲动，熄灭电子烟，接着把玩起脖子上的药盒形项链，借此缓解内心的焦躁。

在等待了近三十分钟后，接她的人终于出现了。

一辆越野车停在了快要冻僵的埃缇卡面前。高雅的红褐色车身有着棱角分明的线条，圆形车头灯彰显着车主对越野的热爱。埃缇卡下意识地用YOUR FORMA分析了一下。这款车名叫拉达红星，车身设计四十年来没有太大改变，是一款血统纯正的名车。不愧是艺术都市，连选车的品位都如此特别。

"早上好，你是希尔达电索官对吧？"

驾驶席的车窗缓缓摇下，一名高加索人种的年轻男子露出脸来。但眼前并没有显示他的个人资料，埃缇卡的心情顿时变得沉重起来——这名司机是阿米克斯机器人。阿米克斯相当于过去的仿生机器人或类人型机器人，如今早已成为人类生活中不可或缺的一部分。

"等了很久吗？"司机礼貌地出示了分局发放的阿米克斯身份证明徽章，"约定碰面时间不是上午九点吗……"

"我接到的消息是八点。"

通知埃缇卡碰面时间的是班诺，这八成是他的恶作剧，而这种情况时有发生。

"总之，先让我上车吧。"

阿米克斯刚解除车门锁，埃缇卡就迅速钻到了副驾驶席上。她本以为能在车内获得些许温暖，谁知里面同样冰冷刺骨，与她预想的完全不同。

"啊，不好意思，因为我在低温环境下处理速度更快。"

阿米克斯不紧不慢地打开了暖气开关。如果埃缇卡没记错的话，阿米克斯应该感觉不到冷热。他们只是外形酷似人类的机器，行为举止表现得"像个人类"而已。这一切都是系统使然。

"可温度实在太低了，万一我被冻感冒，那可就算你违反敬爱规约哦。"

"你说得没错。当然，我会把握好分寸的。"

尊敬人类，乖乖听从人类的命令，绝对不攻击人类——所有阿米克斯都被设计成以该"敬爱规约"为信念。

说实话，埃缇卡不太喜欢这种机器人。

甚至可以说到了讨厌的地步。

汽车借助半自动行驶功能缓缓起步，驶离了圆环。圣彼得堡的街头坐落着各式极具年代感的建筑，看起来富有风情，也颇为养眼。但外墙上形形色色的全息投影广告却摧毁了所有的美感——MR广告系统是YOUR FORMA的功能之一，它能够读取用户的喜好，见缝插针地投放用户平日较为关注的领域的相关商品或公司广告。最近，全世界所有建筑物都被广告覆盖，走到哪儿都没有心情欣赏风景。

用户也可以选择隐藏，但必须支付高昂的费用，毕竟广告收入是开发公司利格西提的重要资金来源。用户之所以能够以几近免费的价格接受YOUR FORMA导入手术，也都多亏了这些广告。

"根据行程安排，接下来要直接前往联合关怀中心。今天要通过电索锁定病毒的感染源，对吧？"

"没错。"

"继华盛顿特区和巴黎之后，这已经是第三起了。"

"先不说这些了,我的新辅助官呢?"

"已经准备就绪,就等你了。需要我详细介绍一下他的情况吗?"

"不用了,确定能跟他会合就行了。"

埃缇卡说完,打开了YOUR FORMA的热点新闻。上面显示着一列经过精心排版的新闻标题——《AI作家入围文学奖最终候选》《关东地区将迎来强烈寒流》《巴黎圣母院将管制年底的跨年倒计时活动》《公开数据显示瑞士年度自杀辅助件数位列世界第一》《各大书店将增刷纸质书籍以迎接年末的特卖活动》……

谁来当辅助官都无所谓,只要能完成眼前的工作就好。为了保护内心不受各种罪恶感的谴责,埃缇卡很早便放弃了这方面的思考。

全球感染的时代已经结束。一起和"丝线"开启全新的日常吧——最早的宣传广告里包含这样一句令人印象深刻的宣传语。

侵入型复合现实装置"YOUR FORMA"是一种植入式记忆缝线型信息终端机。外形为直径三微米的智能丝线,通过激光手术植入脑中使用。有了YOUR FORMA,从监测健康状况到线上购物、更新社交网站,全都可以在脑海中完成。

三十一年前,也就是一九九二年冬季。一种名叫"斯柏尔(孢子)"的病毒引发了世界规模的爆发式感染。面对这种在短时间内持续变异的病毒,开发疫苗和抗体基本毫无意义,社会功能很快陷入瘫痪。全球死亡人数攀升至约三千万人,死因几乎都是病毒性脑炎。因此，预防脑炎成了当时最迫切的课题。

在世界卫生组织的带领下，各国机构齐心协力，将还在研究阶段的BMI技术[①]投入使用，终于在几年后开发出了侵入型医疗用线形装置"NEURAL SAFETY（安全神经缝线）"。有了该装置，治疗脑炎变得更轻松，死亡率也随之降低。后来经过多次改良，终于达到了预防脑炎的效果。病毒时代已将人们折磨得疲惫不堪，对于新研发的"丝线"，人们自然是趋之若鹜。

现在是二〇二三年，全球疫情平息已久，"NEURAL SAFETY"摇身变成"YOUR FORMA"，进化成为最新型多功能信息终端机。其中最值得一提的功能便是"机忆"。

机忆不仅能记录实际发生的事情，还可以记录用户当下的情绪。技术人员通过对海马体的记忆进行二进位转换，成功达到了情绪视觉化。

机忆也大幅改善了犯罪搜查领域的现状。国际刑事警察机构电子犯罪搜查局作为唯一拥有机忆搜查行使权的组织，一般会将搜查权用在重大案件的侦破工作上。当然，极小概率会出现有人私自更改、删除机忆，借此洗脱罪名的情况。但机忆本身无法通过现代技术编辑更改，因此在搜查领域贡献巨大。

---

① BMI技术，也称为脑机接口技术，是一种革命性的技术，它能够实现人脑与外部设备的直接通信。这项技术通过分析大脑产生的神经信号，将这些信号转化为机器可识别的指令，从而实现对外部设备的控制。——译者注

而只有埃缇卡这样的电索官,才有权利潜入机忆。

电索官又被称为"DIVER",能够连接受害者或加害者的YOUR FORMA,并像潜水一般潜入对方的脑海中,寻找破案的线索。由于机忆是在无网络连接的独立环境下管理,因此潜入时需要直接连线。而且机忆内部为多层构造,如同千层派一般,若信息处理速度过于普通,可能连表层都很难突破。因此,电索官必须具备一定的潜质,而这主要通过基因层面的抗压能力以及与YOUR FORMA的适配度来判断。若是从大脑的发育期便开始使用YOUR FORMA,有极低的概率会形成极度适配YOUR FORMA的髓鞘。简而言之,就是大脑会完全接纳YOUR FORMA,这样可能会使信息处理能力产生飞跃性的提升。因此,被选为电索官的都是些怪人。

埃缇卡作为怪人之一,能力尤为突出,她至今都没有遇到与自己能力相匹配的辅助官。换句话说,"天才"并非赞美,而是最高级的讽刺。

2

两人前往的联合关怀中心是一座歌德复兴式建筑。埃缇卡不小心看入了迷,外墙上的全息投影广告很快做出反应。YOUR FORMA自动读取二维码,在浏览器内打开了购物网页——真是太碍事了。

埃缇卡一脸疲态,与负责开车的阿米克斯一同来到了大厅。大厅

记忆缝线 1

里站满了神色疲惫的门诊患者，但迟迟未见到职业栏显示电索辅助官的人类。

"新的辅助官好像还没来。"

埃缇卡用鼻子轻呼了口气。算了，反正早已习惯搭档迟到，无所谓了。

"我还是跟你介绍一下他的详细情况吧。"阿米克斯再次开口说，"那位辅助官名叫哈罗德·路克拉夫特，是刚从市警局调过来的。有着一头金色的头发，身高约一百八十厘米……"

"都说了不用。我能看到个人资料，见了面就知道……"

埃缇卡不耐烦地抬头看向阿米克斯。这是她第一次认真看对方的模样，一时间被惊得说不出话来。因为是阿米克斯，她一直没有过多留意。这次近距离观察才发现，对方的外表极其俊朗，年龄设定在二十五岁左右。一头金发用发蜡整理得一丝不乱，眉毛十分匀称，纤细的睫毛将眼睛点缀得恰到好处，鼻梁高挺，嘴唇厚薄适中。后脑勺微翘的头发以及右脸颊那颗淡淡的黑痣，更为他增添了一丝人情味。无论怎么看，都称得上是一件灵魂艺术品。这显然不是量产型，而是花大价钱定制的特殊款式。

"说到路克拉夫特的穿着，他今天戴着一条苏格兰格纹围巾，搭配毛呢大衣。"

埃缇卡一时间忘记了眨眼，因为眼前的阿米克斯有着相同的打扮。即便穿着毫无特色可言的普通大衣，依然能窥出他挺拔修长的身材。

"不是吧……"埃缇卡感到嘴巴有些发干,"你是在开玩笑吧?"

阿米克斯露出柔和的微笑,精致的笑容令她不由得心头一紧。

"刚刚忘了自报家门,真是抱歉。我就是哈罗德·路克拉夫特。"

阿米克斯——哈罗德说完,友善地伸出手。

不对,等等,开什么玩笑?!

"简直难以置信。从没听说过阿米克斯当辅助官,你们的工作应该是打杂……"

"阿米克斯在搜查机构的工作确实是管理证据存放室、维护现场秩序等,案件调查一般由人类和分析机器人负责。我的头衔也没有经过官方认证。"

阿米克斯一般以打杂为主,因为他们不像工业用机器人那样重视效率和生产性,只是为了追求"与人类相仿"而打造的通用型人工智能(AGI)。当人工智能仅存在于理论层面的时候,有学者担心他们会成为凌驾于人类之上的超智能个体。但实际投入应用才发现,他们只是"聪明而顺从的机器人",后来逐渐成为人类的搭档。

阿米克斯是全球疫情期间,由英国诺瓦尔智能机器人公司研发出来的一款类人型机器人。同YOUR FORMA一样,人工智能和机器人工学也是在全球疫情的环境下得以成功发展的领域。当时提倡减少人与人的接触,将感染风险降到最低,于是大量资金被投入到了研发代替人类工作的机器人上。

记忆缝线 1

诺瓦尔智能机器人公司在英国政府的大力支持下，实现了类人型机器人的实用化。最早服务于医疗机构的类人型机器人拥有与人类相同的外表，表情也十分丰富。他们不仅要完成被分配的工作，还要根据人类的需求——安慰、鼓励、共鸣等——做出回应，安抚深受病毒折磨的患者和医护人员的心灵，缓解他们的心理压力。

不久后，"阿米克斯"机器人正式发售。此后，智能机器人更广泛地运用到了家庭乃至企业当中。如今，民众就如何对待阿米克斯这个问题分成了"机械派"和"朋友派"，双方时不时爆发激烈争论。

"与人类相仿"的阿米克斯虽能根据周围情况灵活做出回应，但也存在专业性不足的问题。论特定领域的学习深度，显然比不上工业用机器人。所以专业要求较高的犯罪搜查目前主要由分析蚁之类的机器人负责，一般不会分派给阿米克斯。

而现在，眼前的阿米克斯竟表示自己是电索辅助官。

"如果你真的是辅助官，为什么一开始不做自我介绍？"

"啊。"哈罗德神色淡然地将手收了回去，"抱歉啊，因为我想先观察一下你是个怎样的人……你是不是在飞机上看了电影？"

"欸？"埃缇卡确实看了，"那又怎样？"

"片名是《第三个地下室》，对吧？"

埃缇卡错愕地眨了眨眼。他说得没错，可他怎么会知道？

"是谁告诉你的吗？"

"不，没有人告诉我这些。你乘坐的应该是法国星辰航空，而

《第三个地下室》恰好是飞机系统里的热门影片,这点在官网上一查便知。"

"所以呢?"

"你对电影没有明确偏好,自然会从主页的热门影片中着手挑选。而且受职业的影响,只有极度刺激的故事才能吸引到你。你的眼睛因为眨眼次数减少导致充血,恐惧的心理让你不断舔舐嘴唇导致唇部脱皮。所以我猜你看的是心理恐怖片,而热门影片里的心理恐怖片只有《第三个地下室》这一部。"

埃缇卡顿时目瞪口呆:"你是怎么做到的……"

"我猜你是一个不太有生活情趣的电索官,对吧?你身上散发出电子烟特有的香味。恕我直言,你的电子烟十分廉价。这说明你对烟并没有特别的追求,你只把它当成消遣的工具。这类人一般对生活没有太多讲究,对穿着打扮和恋爱也毫无兴趣,完全把工作当成了恋人。"

埃缇卡惊讶得说不出话来。哈罗德见状,露出满意的微笑。

"这是基本的人类观察。现在你相信我具备搜查官的资质了吧?"

开什么玩笑?这到底是怎么回事!

阿米克斯确实能通过交流掌握人类的情感等信息,但怎么也不可能精确到这种程度。这是什么情况?

就在埃缇卡倍感困惑之时……

"希尔达电索官,"哈罗德带着柔和但不容拒绝的微笑低声说道,"在案件侦破之前,我会努力做好你的搭档。"

饶了我吧。辅助官竟然是阿米克斯,而且还具有掌握个人隐私的能力,简直难以置信。

"那个……给我点时间。"埃缇卡强装冷静地说,"我给上司打个电话。"

给唯·十时打全息电话。

埃缇卡走出关怀中心,毫不犹豫地拨通了上司十时科长的电话。气温明明跟刚才差不多,可不知为何,她一点也不觉得冷。这足以看出她内心的慌乱。全息电话——确切说来是全息远程投影——是一种利用全息投影模组打造面谈效果的通话技术,也是YOUR FORMA的功能之一。

"哎呀,早啊,希尔达。"

通话接通后,十时科长的身影呈现在了埃缇卡眼前。身为女性,她有着稍显硬朗的五官,给人一种严肃的印象。束起的黑色长发垂至腰部,灰色套装上没有一丝褶皱——她就是三十五岁左右便接管电索科的团队领导。十时的头衔是上级搜查官,是经历各种严格历练(不同于电索官和辅助官)培养而成的精英。

"你知道里昂现在是几点吗?早上八点,不是上班时间。"

"抱歉。"埃缇卡忍住想要爆发的冲动,极力让自己保持冷静,

"你迟迟不把班诺和我解除关系的事情告诉我,是因为新的辅助官是阿米克斯吧?"

"怎么可能?我只是太忙了,忘记告诉你而已。"

这当然是谎言,十时有时就是如此。

"我知道你讨厌阿米克斯,但电索官的人数本来就少,你又每隔一段时间就把搭档送进医院,导致搜查工作无法进行。"

"那是因为……"

"嗯,我知道。因为找不到能力与你相匹配的辅助官,我也只能无视能力差距,勉强让你们搭档,这是我工作上的疏忽。但这次,我终于为你找到了靠谱的搭档。"

"就是那个阿米克斯?"哪里靠谱了?埃缇卡很想这么反驳,"YOUR FORMA和阿米克斯人工智能的规格完全不同,根本没办法用安全绳连线吧。"

"我准备了可以同时使用HSB接口[①]和USB接口[②]的特殊安全绳。连线的事情不用担心。"

[①] 本文中的HSB为作者基于本作世界观的基础上创造的词汇,全称"Human Serial Bus",后文中有做解释,与现实世界中表示串行通信接口的"Heron Serial Bus"意义不同。——译者注

[②] USB全称为"Universal Serial Bus"是一种串口总线标准,也是一种输入输出接口的技术规范,被广泛地应用于个人电脑和移动设备等信息通信产品,并扩展至摄影器材、数字电视(机顶盒)、游戏机等其他相关领域。——译者注

"即便如此，处理速度也无法达到平衡，我会烧断他的大脑回路。"

"他很特别，应该没事。"

"意思是，他是特殊款式？难道是你特别定制的？"

"他原本是圣彼得堡警局刑事部的阿米克斯，为了调查这次的案件才被调来分局的。"

真的是这样吗？十时的语气平静到让埃缇卡有些不敢相信。

"他确实是特制款阿米克斯，但不是我们定制的。你也知道，我们可没那个资金。"

"可是，你刚才说你准备了特殊的安全绳。"

"那属于必要投资，而且不是只为了你，将来也会有其他电索官需要。"

意思是将来辅助官的工作会由阿米克斯负责吗？简直难以置信。

"希尔达，他的运算处理能力完全可以和你的信息处理能力相匹配。数字已经证实了这一点。"十时改用劝导的语气说，"其实之前有人提议撤销你的职位，但我一直强烈反对。你是不可多得的人才，世界最年轻电索官的头衔就是铁一般的证明。"

世界最年轻的天才电索官——埃缇卡想起了那个曾经备受媒体热议的话题，心中再次涌起一阵酸楚。她于三年前任职电索官，当时她刚以跳级的方式从高中毕业，年仅十六岁。"天才"是一个无比沉重的头衔，但当时的她没有从中感受到一丝讽刺的意味。

直到她第一次烧断辅助官脑神经的那天，一切都变得不一样了。

"而且用这个方法的话，可以避免伤害到人类辅助官。"

这的确是个好消息。把这个好处搬出来的话，埃缇卡也就无从反驳。

"如果说到这份儿上你还不愿意的话，那就只能你自己想办法潜入，再自己抽离了。"

"不可能。正因为没人能办到，所以才会采用搭档的模式。"

电索官拥有超强的信息处理能力，可一旦开始电索，就会无法控制自己。就好比高空跳伞，跳下去之后只能垂直下坠。正因如此，才需要电索辅助官充当安全绳，协助监管，在适当的时候将电索官抽离回来。

"这么说能接受吧？"

显然，十时完全不打算让步。当然，埃缇卡一开始也没指望能拒绝，更何况她还帮自己挡住了来自总会的施压。作为成年人，应该要懂得感恩。

但代价是跟阿米克斯做搭档吗？

埃缇卡为自己的失礼向十时致歉后，很快切断了通话。她胡乱地抓了抓刘海，深知自己没有反对的余地，但也没必要太放在心上，反正那个阿米克斯很快也会出故障。十时只是相信他的能力能够与自己相匹配，却没有实践过。

毕竟之前的辅助官全都毫无悬念地被送进了医院。即使换成阿米

第一章　机械装置搭档

克斯，也很难规避这种问题。

"希尔达电索官，这通电话打得还真是久啊。"

关怀中心的住院病房里十分昏暗，还飘散着一股老旧的气味。在人类医师的带领下，埃缇卡和哈罗德沿着走廊向前走去。其间不时和探病的来客以及阿米克斯护理师擦肩而过。

埃缇卡直接反问："那又怎样？"

"不用说我也知道，你想申请换搭档，对吧？"

"没有。"

埃缇卡不假思索地回道，但内心直呼糟糕。

"还没到那个地步。"

"那就好。"哈罗德微微一笑，"冒昧地问一下，你讨厌阿米克斯吧？"

被发现了。埃缇卡顿时感觉喉咙一紧。她刚刚态度一直不太好，也难怪对方会有所察觉，但被当面戳穿着实有些尴尬。

"说来抱歉……确实如你所言。"

"没关系，我不在意这种事情。你讨厌阿米克斯的契机是什么？"

"我不谈私事，今后也是如此。"

"明白了。我不讨厌公私分明的人，这种人值得尊敬。"

"不……"

这人到底想怎样？非要把话说穿才懂吗？

"我的意思是，我不想跟你装作很熟。"

"那个……不好意思，能不能让我先介绍一下感染者的详细情况？"

埃缇卡猛地回过神来。在前方负责带路的干瘦医师正用责备的目光看着二人。

"抱歉。"

啊，真是的，没空跟他瞎扯了。

"第一位感染者是两天前送过来的吧？"

"没错，截至今天早上，我们这里总共接收了十二名感染者，芭蕾学院的学生占了一半，所有人都是因为失温症被送过来的。患者都说暴风雪异常猛烈。"

医师扬起下巴，示意众人看向窗外。天空亮着朦胧的微光，视野十分模糊，像是还未睡醒一般。忙碌的货运无人机不停地穿梭着，但没有见到一片雪花。

"暴风雪在感染者的脑袋里。"埃缇卡说，"这起知觉犯罪的共同点是受害者都会出现相同的幻觉。"

知觉犯罪由电子病毒感染YOUR FORMA引起。在这次的连续案件中，第一起案件于本月上旬在华盛顿特区被发现，之后在巴黎、圣彼得堡各发生一起。感染者的共同症状是都会出现暴风雪的幻觉，并伴随失温症。

"接诊完患者后，我也去翻阅了一下之前的新闻，好像是新型自我繁殖病毒。"

"没错，而且YOUR FORMA的完整扫描功能也检测不出来。开发商利格西提已成立分析小组，对此病毒展开调查。"

到目前为止，对这种新型病毒只弄清楚了两件事情：

一、可以通过用YOUR FORMA发信息、打电话等方式传染给他人。

二、病毒的潜伏期只有极其短暂的十五分钟，并仅在此期间具有传染性。

至于传染性，最难办的不是病毒本身，而是该病毒致使患者发病后会使YOUR FORMA陷入瘫痪，导致传染路径无从确认。目前尚未找到消灭病毒的方法，应对方式也十分有限——要么使用运作抑制剂停止YOUR FORMA的功能，要么通过手术将YOUR FORMA取出。

"出现暴风雪的幻觉倒还好说，可没想到虚幻的雪竟然会对人体产生影响，实在是难以置信……"

"我们电子犯罪搜查局也是百思不得其解，目前怀疑可能是一种反安慰剂效应，用古老的布亚美德实验来打比方应该更容易理解。"

"那是什么？"

"简单来说，就是一个证明人会因为强烈暗示导致死亡的实验。实验对象在蒙眼的状态下被绑到床上。医生先告诉他'失血超过三分之一就会死',接着用手术刀划伤实验对象的拇趾①。伤口很小,血会一点一点流出。"

"实际上,实验对象并没有被划伤,他以为是血的东西,其实只是普通水滴。"哈罗德继续自顾自地说,"实验过程中,医生每隔一小时就会向实验对象报告虚构的出血量。几小时后,医生告知实验对象的出血量达到了三分之一,没过多久,实验对象在毫发无损的情况下死去。"

埃缇卡露出略显不悦的表情说:"连这你都知道。"

"以前在网上看到过,毕竟我们有过目不忘的本领。"

"没错,我们的阿米克斯护理师也是这样。之前有一次,重要的病历资料连同备份一起无端消失,是阿米克斯从记忆中全部找回并复原的。"

"这对我们来说不算什么。"哈罗德微笑着说,"不过电索官,布亚美德的实验在逻辑上有些牵强吧?"

"大脑本就是容易受骗的器官。"埃缇卡压低声音说,"如果前提是存在YOUR FORMA这种与大脑一体化的装置,那布亚美德的逻辑倒也说得通。"

过了一会儿,几人来到了一个足以能容纳十五张病床的大号病房内。床上各躺着一名感染者,在镇静剂的作用下,暂时处于熟睡状态。看来病情还算稳定。

---

① 一般指脚的第一个趾头。——译者注

"应你们的要求,我们已用探索线将所有人连在了一起。"医师说道。

电索使用的探索线和安全绳其实就是HSB电缆。Human Serial Bus(人类脑部串行总线)是YOUR FORMA专用的串行通信总线规格。为保护个人隐私,防止滥用,普通民众禁止持有,只有特定的医疗机构和搜查机构才能获准使用。

"欸,你们要从这里面找出感染源吧?里面有嫌疑人的线索吗?"

"还不清楚,只有潜进去才知道,在此之前什么都不好说。"

华盛顿和巴黎亦是如此,虽然可以追踪到奥吉尔这名感染源,但找不到病毒的感染途径和嫌疑人的线索。不仅在YOUR FORMA和机忆里没有留下痕迹,连感染源本人也表示"不知道在哪里感染到的病毒,根本毫无头绪"。

所以,埃缇卡不希望这次再落空。

"不过……"医师不安地朝室内扫视了一圈,"你要同时处理十二个人的信息吗?我从没见过哪个电索官能同时处理两人以上的信息……不会精神错乱,导致自我混淆吗?"

"不会。我就是因为可以同时处理多人的信息才被叫来了这里。"

记录在机忆中的情绪会像自身的情绪一样流经内心,因此不时有电索官遭遇意外,出现自我混淆的情况,导致需要接受心理治疗。但埃缇卡是个例外,即便同时处理多人的信息,她也从来不会被他们的情绪吞没。非要说的话,她比较担心的是哈罗德的处理能力。

"所以……"埃缇卡看向阿米克斯,"路克拉夫特辅助官,我和你的安全绳呢?"

"上级吩咐我用这个。"

说着,哈罗德拿出连接电索官与辅助官的安全绳。这款安全绳的样式跟普通的不太一样,表面仿佛用金线和银线交织而成,闪烁着微弱的光芒。

埃缇卡皱起眉头说:"特别定制款……对吧?"

"没错。这个可以将监控传输过来的信息,转换成我能够理解的格式。"

十时科长说过,这是"必要投资"。但埃缇卡还是担心会出问题。之前的负面经历一直在她的脑中挥之不去。

埃缇卡兴致索然地将安全绳插进后颈。相比探索线,安全绳不算太长。为配合连线,哈罗德来到埃缇卡面前,她压抑住想下意识扭头并拉开距离的冲动。很久没有靠阿米克斯这么近了,如果不是工作需要,她定然不会这么做。

"电索官,我接好了。"

"哦,嗯。"

埃缇卡看了哈罗德一眼,心底不由得一惊。只见他把左耳滑开,将接头插到底下的USB接口上。

"那个……有什么问题吗?"

这一刻,埃缇卡清晰地意识到,眼前的搭档只是有着人类外观的机器人。说实话，这一幕真的有点……不，是非常惊悚。

"没什么问题，只是有点紧张。"哈罗德嘴上虽这么说，但脸上的笑容十分放松，"你好像很平静。"

"我早就习惯了。"

埃缇卡在说谎，其实她的内心无比忐忑，毕竟她从来没连接过阿米克斯的大脑。

可她已经没有退路了。

没事，停止思考不正是自己擅长的吗？——埃缇卡如此安慰着自己。

三角连线完成后，她长吐了口气。

像平时那样操作就行。

"开始吧。"

埃缇卡话音刚落，突然整个人一滑……转眼间，她已经掉进了电子海洋中。

先从表层机忆开始——与心爱的爱犬蹭脸；好想保护对方；看到大吼大叫的朋友；令心脏隐隐作痛的悲伤席卷而来；触摸全新的芭蕾舞鞋；兴奋得想要立刻起舞；为了打发时间，翻看朋友的社交网络博文；奶酪沉入咖啡的图片滑过；玛林斯基剧院呈现在眼前，明明布满广告，却依然绚丽夺目；向往的地方……保存在YOUR FORMA机忆中的十二人的日常和情绪，化作碎片交错飞舞。喜怒哀乐如狂风骤雨般，胡乱拍打在埃缇卡的心上，但那些都不是自己的情绪。她默默关闭感觉，用事不关己的态度，冷静地阅览着当中的信息。

"如果死了，我绝对不会原谅你。"

耳边突然传来一阵低语。是谁？

"差点被你害死了。"

"我再也不要和你搭档了。"

不对，这是埃缇卡自己的机忆。

怎么潜入了自己的机忆？弄错下潜的方向了吗……想起来了，这可能是逆流。简直糟糕透了。

能看见了。

眼前有一条昏暗的走廊，看着十分阴森。是医院。窗外，星光洒落在街道上。突然不知从何处传来不曾重视过的搭档们的呻吟声，还能听到抽泣声，是搭档的家人、朋友或恋人发出的。"不可饶恕""跟机器人一样""就不该跟她搭档""快点道歉""这就是天才？""赶紧消失吧"……没事，无所谓。不管他们说什么，对我来说都无关痛痒。会感到痛的是他们才对，毕竟他们是受害者——埃缇卡如此告诉自己。

快关掉！将我抽离这里！我没必要待在这里！

世界缓缓切换，这次总算修正了轨道。埃缇卡被引导至感染者们的网络活动历史记录处，潜入社交网络和收件箱。

太好了，找回状态了。

无数聊天记录如暴风雨般袭来——明天学校见；我和爸爸吵架

了；朋友说他买了阿米克斯；我买了新的足尖鞋；关于下次的倒计时派对……信息源源不断地落下，散乱的信息点与机忆交错碰撞，逐渐连到一起。通往感染源的路径随之显现。

突然溅起一阵火花，妨碍了埃缇卡的进度。

眼前浮现出姐姐熟悉的脸庞。稚嫩的脸庞上带着略显成熟的微笑，淡粉色的唇间露出洁白的牙齿——又是埃缇卡自己的机忆。

"埃缇卡，握着我的手。我来施加魔法，让你不会感到寒冷。"

好想她。如果真的能再次握到她的手，我绝对不会再放开。谁也别想让我放开——不对，冷静点，别被自己的情绪吞没。

必须关闭这里。

埃缇卡开始挣扎。速度变得太快了，好想停下来。不对，不能停！快转舵，前往感染者那边。脑袋仿佛被人用力一拧，好热。

埃缇卡重新回到十二个人的机忆里，找出所有人的机忆交错、擦肩而过的地点，搜寻那个位置的感染源。终于……

看到了！

视野突然切换。老旧的气味钻入鼻腔，埃缇卡回到了病房里。她吐了口气，额头上满是汗水……她已经做好了思想准备，耳边很快会传来医生的尖叫声，就像班诺那次一样。好了，来吧。

埃缇卡等了许久，但迟迟未听到医生的尖叫声。

"终于找到了。"

头顶传来轻柔的说话声，埃缇卡下意识地屏住了呼吸。

哈罗德正若无其事地站在那里，与开始电索前并没有什么两样。他神色淡然，手上握着从埃缇卡的后颈处拔出来的探索线，既没有像班诺那样倒地不起，也没有任何不适。没有丝毫异常，简直难以置信。

"怎么了，电索官？"

原来如此，看来十时科长的判断是正确的。

自打成为电索官以来，这还是头一次。以往每次结束电索，辅助官即便没有倒下，也会表现出一脸疲态。当负担积累到一定程度后，很快就会出现故障，无一例外。但这次不管怎么看，哈罗德都不像是受了伤的样子，甚至脸上窥不见一丝疲惫。

埃缇卡始终认为，人与机器人搭档不可能顺利潜入，这种事情不可能实现，也无法接受。可现实总是那么讽刺。好不容易找到能力相匹配的搭档，对方却是自己最讨厌的阿米克斯。

"电索官，我弄错了抽离的时机吗？"

哈罗德疑惑地窥探起埃缇卡的神情……如湖水般冰冷的瞳孔，刻印在眼底的深邃虹膜，眼白上的澄澈血管——真是一双精致、冰冷而又完美的眼睛。

他身上散发出的无机质气场令埃缇卡莫名地有些羡慕。

"没有……"她勉强挤出一丝沙哑的声音，"时机很完美。"

"谢谢。"

"太令人意外了。"医师用钦佩的口吻说，"竟然真的能同时处理十二个人的信息……精神状态怎么样？身体状况呢？"

埃缇卡表示自己并无大碍。她舔了舔干燥的嘴唇，强行将思绪拉回到案件搜查上。她边整理得到的信息边抬头看向哈罗德。

"感染源的名字叫克拉拉·李，是芭蕾学院的学生，不过……她不在这里。"

3

身为感染源的克拉拉·李从感染当天开始一直没去芭蕾学院上课。

YOUR FORMA的用户数据库显示，李是挪威人，今年十八岁，来自芬马克郡希尔克内斯镇，以留学生身份进入圣彼得堡的芭蕾学院，住在学生宿舍。没有犯罪前科，与华盛顿和巴黎的感染源相同，只是善良的普通民众。但不知为何，她故意隐藏了自己的行踪。

"据我推测，她只是受害者。既然如此，那她为何要逃跑？"

"可能传染给朋友后，内心有罪恶感。我正在调查她的社交网络。"

埃缇卡和哈罗德正并排坐在摇晃的拉达红星内。距离他们从圣彼得堡出发已经过去了两个小时，前方很快抵达芬兰的边境检查站。

他们去芭蕾学院打探了一番，得知李以祖父去世为由向学校请了假。但数据库显示，她的祖父几年前便已离世。换句话说，李在撒谎。

后来,他们对圣彼得堡市内的监控无人机进行了调查,发现李在距离学生宿舍最近的停车场租了一辆共享汽车。车子的行驶路径显示,她在距离故乡五百千米处的凯于图凯努下了车,具体原因不明。若能锁定李的定位信息,事情会容易很多。但被感染的YOUR FORMA完全处于无信号状态,埃缇卡等人迫于无奈,只好循着李的足迹,前往凯于图凯努一探究竟。但对埃缇卡来说,和阿米克斯一起坐在狭窄的车子里是一件十分煎熬的事情。

"电索官,请看这个,舞姿着实优美。"

哈罗德将全息浏览器递了过来。上面在播放一段视频,视频中身材纤瘦的李穿着芭蕾舞服,身姿轻盈地翩翩起舞。可能是她在社交网络上分享的舞蹈片段吧。

"这是巴黎火焰变奏舞,轴心没有丝毫偏移,技术水平足以令职业舞者汗颜。"

"她优不优秀跟案件没关系吧。"

为了驱散寒冷,埃缇卡将手放到正在自动行驶的方向盘上。副驾驶席上的哈罗德则一直在用手表型便携终端机浏览李的社交网络。阿米克斯虽然能连网,但只能用于IoT[①]连线等,他们在上网的时候必须用到终端机。

---

① 物联网,全称Internet of Things,是指通过各种信息传感设备,按约定的协议,将任何物体与网络相连接,物体通过信息传播媒介进行信息交换和通信,以实现智能化识别、定位、跟踪、监管等功能。——译者注

"那你对这个有什么看法？这种喝法真的很小众。"

接着他展示了一张加有大量奶酪的咖啡图片，上面还配有"我的最爱"几个字，与她不久前在机忆当中看到的一样。埃缇卡利用YOUR FORMA分析图片，再上网搜寻答案。

"咖啡配山羊奶奶酪……原来是少数民族萨米族的饮食文化啊。"她继续浏览起相关信息，"李前往的凯于图凯努好像有很多萨米族居民。"

"那一带是机械否定派生活的技术限制区域吧。如果里面是萨米族的居住区，那应该也存在表面从事驯鹿畜牧业，背地里非法行医的无照医师。"

"这事在搜查局很有名。不过确切来说，不是无照医师，而是生物黑客。"

所谓的生物黑客，是指利用机械化技术改造委托人的肉体，借此获取报酬的人群。过程中会用到违法药剂、肌肉控制芯片等，因此也有人称他们为"无照医师"。这类生物黑客中，有许多是受雇于黑社会组织的少数民族。为了维系民族的文化，他们的生活过得十分清贫，时常有人为了赚取丰厚的报酬而接下一些灰色工作。当然，这是一种违法行为。

"也就是说，李为了取出被感染的YOUR FORMA，特意去找生物黑客……可如果是为了这个，去普通医院就行了，没必要刻意冒这么大风险吧？"

"是啊。"哈罗德点点头,"你说,李有没有可能是把幻觉症状当成了体内的机械故障?"

"什么意思?数据库显示,她的身体很健康,没有什么慢性病。她没必要特意在身体里植入除YOUR FORMA以外的装置吧。"

"对了,电索官,你看过芭蕾舞表演吗?"

埃缇卡疑惑地眨了眨眼睛。他为什么突然问这个呢?

"我像是会看芭蕾舞表演的人吗?说我不懂生活情趣的人也是你吧。"

哈罗德缩了缩脖子:"说来抱歉,我当时不该这么形容一位女士。"

"不,我不是这个意思。"她本就没指望过哈罗德能把自己当女人看待,"所以呢,芭蕾舞怎么了?"

"算了……"哈罗德犹豫了片刻,"还是晚点再跟你说明吧。"

之后,两人没有再交谈,车内陷入了沉寂。

气氛有些尴尬,埃缇卡怎么也没办法让自己冷静下来。她摇下车窗,叼起电子烟,任由刺骨的寒风划过脸颊。哈罗德知道她讨厌阿米克斯,如果他像班诺那样,什么情绪都表露在脸上,埃缇卡反倒会轻松一些。可哈罗德不会,他的情绪异常冷静,让人捉摸不透他到底在想什么。

埃缇卡朝窗外吐了口烟。

"电索官,你是从什么时候开始抽烟的?"

埃缇卡被哈罗德突如其来的声音吓了一跳。这人还真爱管闲事。

"我应该说过，我不谈私事。你如果不喜欢，我可以熄灭。"

"我倒不介意，我喜欢薄荷的香味。"

"但有人认为这种香味的电子烟不算烟。"

"是吗？那应该告诉他们这比尼古丁健康多了。"

受敬爱规约的约束，他们会想方设法博取身边人类的好感。无论对方将内心关得多紧，他们的态度也丝毫不会改变。他们最擅长用这种方式潜入人的内心——我可不会上这种当。

"还是聊聊工作吧。担任我的辅助官后，你真的没有感觉到什么异常吗？"

"没有，事实证明我的能力确实能够与你相匹配。难道你不相信数字？"

不是不相信，只是有些不敢相信。虽然很不想承认，但他的能力确实跟自己处在对等水平，证据就是刚才在电索中发生了"逆流现象"。电索官与辅助官各方面较为匹配的情况下，有时会不小心提取出电索官自己的机忆。因为过去从未遇到过能力对等的辅助官，埃缇卡也是第一次遇到这种情况。

"刚才发生了逆流现象……你看到什么了吗？"

"没有。辅助官只能共享电索官潜入对象的机忆，而且是以倍速影片的形式被传送到大脑中。"

"这个我知道。"如果辅助官处理速度跟不上，就会像班诺一样，被烧断脑神经。

"你打开自己的机忆时，影像会中断，变成噪点。所以，我知道发生了逆流，但看不到你的机忆。"

"这样啊……我会尽力避免这种事情的发生。"

得知自己的机忆没有被哈罗德看到，埃缇卡确实松了口气。但对于自己和阿米克斯水平十分相匹配这件事，她始终有些难以释怀。对她来说，这种情况糟糕透了。

"请不要一脸不耐烦的表情嘛。"

"我没有。"

"距离抵达凯于图凯努还有十三个小时。"哈罗德露出了优雅的微笑，"你能克服阿米克斯厌恶症，跟我待在一起，我已经很满足了。"

埃缇卡当即板起了脸。他到底在想什么？

"我应该说过，我不想跟你装作很熟的样子。"

"是因为我是阿米克斯，对吧？"

"跟谁都一样，我可不想有任何的人情往来。"

"我倒是很想了解你。"

"那是你单方面的想法，我拒绝。"

到底怎么回事？人类都明确表示拒绝了，他身为阿米克斯，不应该尊重人类的想法，放弃过多打探吗？埃缇卡打一开始就觉得，哈罗德这家伙脸皮非常厚。说直白点，他身上具有"人的特质"。

第一章　机械装置搭档　　041

"再说了，关系变亲密又能怎样？夹杂个人情感只会让工作变得更麻烦。"

"真是意外。"哈罗德夸张地睁大眼睛说，"没想到电索官期待的是那种亲密关系。"

"啊？"这家伙在说什么？

"说到会让工作变麻烦的个人情感，也只有那种了，对吧？"

埃缇卡恨不得一巴掌把这家伙打趴下。

"路克拉夫特辅助官……你能看到我腿上装备着什么吗？"

"是电子犯罪搜查局配备的自动手枪。"

"没错。但你们阿米克斯禁止携带武器，所以你没有能力反抗我。"

"我只是开个玩笑，不要生气啊。"哈罗德将手放到窗框上，嬉皮笑脸地说，"你这人很有意思，我们一定会成为好朋友的。"

真想给这家伙一枪！埃缇卡没好气地想着。她忿忿不平地关掉电子烟的电源，关上车窗，粗暴地打开了暖气的开关。

"五分钟过了，现在换我取暖。"

"好，那我忍五分钟。"

哈罗德喜欢寒冷，而埃缇卡需要维持恒定的体温。所以出发时，他们约好了每五分钟开一次暖气。

竟然会对一个机器人让步，说来真是丢人。

"我警告你，不要随意捉弄人类。"

"我没有捉弄你,我只是想跟你搞好关系而已。"

"下次再敢说些奇怪的话,我就连开三小时的暖气。"

"不过我有点好奇,天气这么冷,干吗还穿裤袜,穿条厚点的裤子不好吗?"

"这是发热纤维制成的,方便活动,也足够保暖。虽然还称不上完美……"

"换句话说,只是你比较怕冷。"

"不,是你比较奇怪。没有哪个人类能在冰点以下的环境里久待。"

"你挺了解我的嘛。"

"我可没有这个意思……"这家伙真的很烦。

此次的目的地凯于图凯努是一座僻静的乡间小镇。说是小镇,但建筑并没有那么密集。以横穿广袤雪原的干线道路为中心,各地零散地分布着复古山间小屋风格的民宅、教堂、邮局、学校等。技术限制区域住着那些在全球疫情时代拒绝使用缝线装置等科学技术的少数派,他们被称为"机械否定派"。世界各地都存在他们的专属居住区。

现在是极夜,即使过了上午九点,也窥不见太阳的身影,天空只亮着一丝暗淡的微光。此时,载着埃缇卡等人的拉达红星停在了镇上唯一一家超市的停车场内。

"束手无策了。"埃缇卡坐在驾驶席上，叼着果冻的包装袋嘀咕道，"没有监控无人机，根本没办法寻找李。"

眼下无法通过YOUR FORMA锁定对方的位置，要想打探到她的行踪，最可行的办法就是借助街上配备的监控摄像头和无人机。一直以来，他们都是这么做的。但现在棘手的是，这里不存在这些东西，连送货都是靠人力。出于治安考虑，有部分限制区域安装了监控摄像头，但这里没有，实在令人绝望。

"这座小镇只是维持了限制区域应有的状态而已。"哈罗德说着，也打开了果冻的包装，"难得来一趟，不如多欣赏一下这里闲适的景致吧？"

"这种石器时代似的景色有什么好欣赏的？"

"起码也得是青铜器时代吧？"

"终于说真心话了吧？"

"我们在这里守着吧。"哈罗德瞥了一眼超市大楼，"这里是这座小镇唯一的食品供应点。在这个连无人机都无法使用的地区，居民应该没办法通过网络购物，所以李有十二分的可能会在这里出现。"

怎么可能这么容易？现在最大的问题是，李只是在凯于图凯努下了车，连她在不在这座小镇都无法确定。话说回来，连续开十五个小时的车真的很累。埃缇卡像一摊烂泥似的陷在座椅里，扭头看向哈罗德。此时的他正吃着果冻。

阿米克斯和人类一样，可以通过嘴巴进食。不过，他们的动力源是注入了循环液的发电系统,而不是通过食物摄取能量。进食只是为了让他们看起来"与人类相仿",吃进去的食物会在人造胃中分解消失。

"等回去后,我要喝热腾腾的罗宋汤。这种果冻太难吃了。"

"难吃?五大营养素里面都有,而且三两下就能吃完,别提有多方便了。"

埃缇卡不以为意地说道,哈罗德顿时皱起了眉头。

"电索官,我都要怀疑你是不是把充电口藏起来了,就像初期型阿米克斯那样。"

"啊?我还没说你呢。什么好吃不好吃的,能不能有点机器人的样子?"

来这里的途中,埃缇卡确定了一件事情——自己永远不可能跟他友好相处。一方面因为他是阿米克斯,但更重要的是,他很多方面都跟自己截然相反。

先不管这么多。埃缇卡重新调整好心情,必须想想接下来该如何应对。她用YOUR FORMA打开这次的案件资料,看看有没有遗漏什么线索。哈罗德则聚精会神地观察着出入超市的客人。难道他有什么证据证明李一定会来这里?如果是就好了,但埃缇卡不敢抱有太大期待。

时间一分一秒地流逝,冷空气悄无声息地通过窗户渗入,从身体的末端开始一点点夺走热量。天空稍稍转亮,随后又逐渐暗淡下来,镇上陆续亮起了灯光。

埃缇卡已经完全不抱希望，径自在一旁打起了盹。

"电索官，快醒醒。"

"嗯嗯，讨厌……今天休想叫醒我……唔姆……"

"你竟然睡迷糊了？我找到李了。"

你说什么？埃缇卡瞬间清醒过来。她透过挡风玻璃看向前方，发现一辆蓝色吉普车停在了超市入口附近。驾驶席的车门恰好关上，她没有看清上车的那个人的长相。

"就是那辆吉普车。确切来说，那人不是李，而是藏匿她的萨米族。"

"什么意思？"埃缇卡有些摸不着头脑，"没有信息证明李被人藏起来了啊……"

"绝对没错。你应该清楚我的眼力吧？请相信我。"

这让人怎么相信，怎么可能仅靠观察就能判断对方的人种，还推断对方把李藏在了家中。埃缇卡有点蒙，一时间没办法组织出合乎逻辑的反驳观点。过了一会儿，吉普车亮起红色尾灯，开始起步。

"跟上去。还有，我建议你先把口水擦干净。"

"才不是口水，我可没睡那么死。不，就算睡着了，我也不会流口水。"

"电索官，吉普车走了哟。"

"啊，真是的，我知道了！"如果他判断失误，到时一定要指责他一番!

埃缇卡将汽车切换为手动驾驶模式,一脚踩下油门,追着刚离开停车场的吉普车,沿着主干道向前驶去。路上没有其他车辆,视野十分开阔。

"对方一眼就看到我们了,还跟踪什么啊……"

"反正居民用的马路也就那么几条,不会被怀疑的。"

埃缇卡实在有些无力吐槽。

"我们开的可是俄罗斯产的车,你可真敢说。"

行驶了大约五千米后,吉普车突然减速。没过多久,吉普车冷不丁地左转,径直开进一处民宅里,停了下来。

埃缇卡故意驶离吉普车转弯的路口,前行数米后,在路边停下。

阿米克斯的视力远超常人,只听哈罗德低声说道:"他们下车了。看吧,没被发现。"

埃缇卡拿起仪表板上的望远镜,观察起了吉普车。幸亏望远镜有夜视功能,里面看得一清二楚。车上下来一个十分年轻的女孩,年纪与自己相仿。她身形娇小,栗子色的头发编成了可爱的三股辫,这会儿正在尝试抱起一个鼓囊囊的大纸袋。

毫无疑问,那就是个极其普通的女孩,根本看不出她是否藏匿了李。

"所以,你为什么觉得是那个女孩?李在社交网络上分享了她的照片吗?"

"没有。我来说说为什么吧,你仔细观察一下她。"在哈罗德的催促下,埃缇卡只好不情愿地照做,"她的手腕上戴着手链。那是用驯鹿的角、肌腱、皮革以及白镴编制而成的装饰物,是萨米族的传统工艺品。"

"就算她是萨米族又怎样?萨米族也并非全都是生物黑客。仅凭一条手链就断定那女孩把李藏起来了,未免太荒唐了吧。"

"但她采购了大量速食食品。除她以外,没人这么做。她会刻意避开生鲜食品,可能是想减少出外买东西的次数吧?这说明她出于某种原因,不便过多地抛头露面。"

"不是……你怎么知道那是速食食品?"

"纸袋都鼓成那样了,肯定没错。"

简直胡说八道——埃缇卡刚想这么反驳,望远镜那头的女孩刚好一个不小心把纸袋翻倒在地。散落在雪地上的东西不是别的,正是一包包的速食食品。埃缇卡顿时惊呆了,刚见面的时候她就在想,这个阿米克斯肯定有透视能力。

"最重要的是她在停车场的表现。她非常警惕四周,还把手放在脖子上。摸脖子是缓解心理压力的肢体动作,本地的超市是再熟悉不过的地方,她有必要这么紧张吗?"

"谁知道呢……也许是在担心其他事情?"

"没错,因为她做了亏心事。买完东西,把物品放上车的时候也很明显。她的脚尖不自然地张开着,其中一只脚始终对着停车场的出口,这表示她在准备随时逃跑。那她为什么会想逃跑呢?"

"干吗什么都问我?"

"至少不是因为偷东西吧。这座小镇不大,她跟店员应该都认识。"

"嗯,你说得没错。她会如此小心翼翼,是因为不想被人发现她把李藏起来了。"

"你这思维也太跳脱了。再说了,李有没求助生物黑客还是个未知……"

"电索官之前说没看过芭蕾舞表演对吧?"哈罗德委婉地打断了埃缇卡的话语,"李的舞蹈太完美了,动作的流畅度和肌肉的发达程度完全不相匹配……说到这里你应该懂了吧?"

埃缇卡放下望远镜。萦绕心头已久的疑惑终于有了答案。

"也就是说,李早就在利用生物黑客技术作弊?"

"没错。而那个女孩正是帮李作弊的生物黑客,所以才把她藏了起来。"

如果是这样,那前后逻辑确实说得通。李通过非法改造身体,成了芭蕾舞团的明日之星。借助生物黑客和使用禁药一样,是十分恶劣的行为,在体育界已被严令禁止。如果这件事曝光,她很可能会因此断送舞蹈生涯。正如哈罗德所言,李一直认为病毒感染是身体改造出故障所致,所以她没有去医院,而是再次求助起了萨米族的生物黑客。但目前还没有确切的证据,或许是内心那股无聊的自尊心作祟,埃缇卡怎么也不愿承认哈罗德的实力。

"但也可能是这样吧?"埃缇卡硬搬出了另一套推理,"那个女孩最近遭遇了可怕的事情,比如被霸凌之类的,暂时对人类产生了恐惧心理。即使是去本地的超市,也很难不在意旁人的目光。因为心情低落,她没有心思做饭,所以才会买那么多容易烹煮的速食食品……喂,你有没有在听?"

"我在听。的确,也很有可能是你说的这种情况。"

哈罗德对着后视镜整理起了头发。这个家伙突然干什么呢?

"去验证答案之前,我想先整理一下自己的仪表。"

"哦,这样啊。"机器人还在乎什么仪表,"说是整理,可你后脑勺的头发还是很翘啊。"

埃缇卡用略显犀利的语气提示道。哈罗德先是眨了眨眼,随即露出得意的微笑。

"我这是故意的,有点缺陷才比较可爱。"

啊,怎么办,好想揍他。

4

两人下车的时候,天空开始飘起了小雪。

女孩的家是一栋古旧的乡间小屋。三角屋顶下方挂着大量冰柱,色彩鲜艳的外墙表面覆盖着一层冰霜。埃缇卡和哈罗德站在露台上,敲响了玄关的门。过了一会儿，刚才那个女孩走了出来。

"哪位？有什么事？"

她显然有些警惕。近距离一看，女孩的长相十分清秀。她没有化妆，那双澄澈的绿色瞳眸闪烁着坚定的光芒。不同于城市那种经过精心修饰的美，她更像是一棵在人迹罕至的森林深处默默结果的果树，浑身散发着凛冽的芳香。

"我们是国际刑事警察组织电子犯罪搜查局的。"埃缇卡亮出证件，"目前在调查某个案件。我们正在附近了解情况，可以耽误你一点时间吗？"

"在查什么案子呢？"

"详情不方便透露，只能告诉你是一起电子犯罪。似乎有相关人员混入了这一带。"

埃缇卡小心地组织着语言。女孩犹豫片刻后，邀请他们进入了房间。她如果真做了亏心事，这时候多少会反抗一下吧，还是说，她害怕拒绝会招来怀疑？真是不懂。

两人被带到了客厅。屋子内部沿用乡村风格的装饰，暖炉上摆着一排编有银丝的手链，女孩请他们落座的沙发上也铺着驯鹿皮。

埃缇卡边坐下边问："你叫什么名字？"

"我叫比嘉。"女孩将手中的托盘放到茶几上，"那个，不好意思，现在家里只有我一个人……父亲上山去了，暂时不会回来。因为这个时期容易起冰雾，驯鹿群时常走散。"

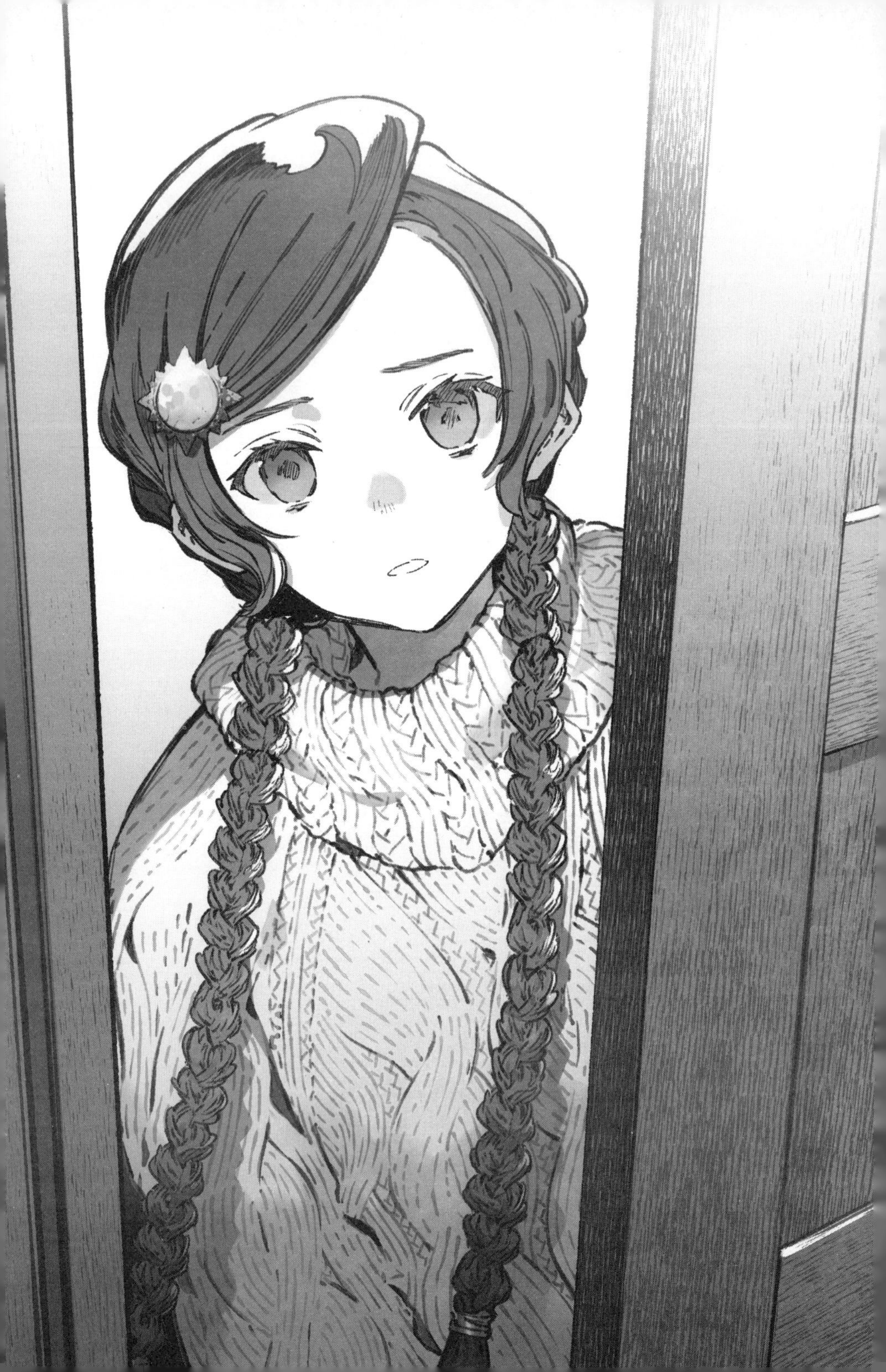

看来真如哈罗德推测的那样,这个女孩是萨米族。埃缇卡忍不住瞟了一眼身旁的阿米克斯。察觉到埃缇卡的视线,哈罗德微微扬起一侧嘴角,完全一副游刃有余的样子。

"令尊仅靠饲养驯鹿为生?没有从事什么一级产业当副业吗?"

"想倒是想,但很难找到那样的工作。最近有外来商人把机器人带进限制区域,即便有工作,也轮不到我们……国家政策使然,我们也没办法。"比嘉把马克杯推到埃缇卡前面,"不嫌弃的话,请用。"

杯子里装着极其普通的咖啡,富有光泽的黑色液体散发着醇厚的芳香。李曾经在社交网络上分享过加有奶酪的咖啡,难道那种是个人喝法,不适合用来招待客人?这么说,李并非单纯的客人,她跟比嘉的关系其实要来得更亲密?

"啊。"

比嘉突然大叫了一声。埃缇卡扭头看去。她本想把另一个马克杯递给哈罗德,不料两人的手撞了一下,不慎洒出了一些咖啡。

"抱歉,我真是太不小心了……"比嘉慌忙道歉,并用准备好的毛巾帮哈罗德擦手,"有没有洒到终端机上?弄湿的话会出故障的。"

"没事,这个有防水功能。"哈罗德看了一眼手腕上的穿戴式终端机,"而且这是搜查局分发的备用终端机,即使出故障了,也可以用YOUR FORMA代替。"

哈罗德拐弯抹角地强调自己是配备了YOUR FORMA的人类。在遍地是机械否定派的限制区域，假装成人类的确是比较明智的做法。但即便不刻意掩饰，比嘉也很难发现他是阿米克斯，毕竟这个小镇连无人机都没有，更别提阿米克斯。在这里土生土长的人，区分不出阿米克斯和人类也很正常。

"有没有被烫伤？真的没事吗？"

"真的没事。"哈罗德微微笑了笑，轻轻握住比嘉的手，"谢谢，你真体贴。"

喂——埃缇卡压抑着想吐槽的内心。

比嘉回过神来，睁大眼睛，脸颊变得越来越红。

"咳咳。"埃缇卡清了清嗓子，"比嘉，他没事，你快坐吧。"

"啊，好的。真是抱歉……"

比嘉战战兢兢地在对面的沙发上坐下。埃缇卡斜眼瞪了哈罗德一眼。这个阿米克斯，竟然若无其事地喝着咖啡，他到底想做什么？

"接下来……"埃缇卡轻轻揉了揉眉心，试图调整心情，"我要问你几个问题。你还在上学吗？"

"我毕业了，没上大学。"

"所以现在参加工作了？"

"是的。今天休假，平日每周要去几天邮局，帮忙给信件分类……"

"这样啊。那你家除了家人以外，还有谁会进出？"

"邻居，还有父亲的朋友。"

"你的兄弟姐妹或者朋友不会来你家吗？"

"我没有兄弟姐妹，朋友也不会过来。大家都在忙着上学或工作，有的还要帮忙做家务。"

"那你最近有没有被人霸凌？"

比嘉当即皱起了眉头。她似乎很介意这个问题，开始把玩起了手腕上的手链。糟糕，问错问题了，但现在补救已经来不及了。

气氛瞬间紧张了起来。

"好漂亮的图案。"哈罗德突然开口说道。

他正看着墙上的挂毯。上面以鲜艳的蓝色与红色为基调，中间点缀着一群驯鹿的图案。埃缇卡也不懂到底漂不漂亮，但哈罗德的这句话确实帮她解了围。

比嘉怀念似的眯细了眼睛："那是我母亲在世时织的。"

"手艺非常不错。配色也跟你们的民族服饰一样，对吧？"

"欸？你怎么知道的……"

"我大学期间专攻北欧的民族学。"哈罗德的表情变得十分柔和，"虽然是为了查案，不过这次能见到萨米族，我感到十分荣幸，也非常开心。"

"那、那个……"比嘉再次脸红起来，她慌忙站起身，"我再去倒一杯咖啡。"

说着，她逃也似的离开了客厅。马克杯里的咖啡明明没喝多少。

这孩子也太纯情了吧，真是惹人怜爱。

暖炉里的柴火溅出一团巨大的火花。

"我有很多问题想问你。"埃缇卡一动不动地盯着哈罗德，"你上过哪所大学？"

"有时候，适当撒谎也是有必要的嘛。"他换回认真的表情，"总得先让她敞开心扉才行呀。"

"岂止是敞开心扉，我看你是想用花言巧语攻陷她吧？你刚刚是想干吗？"

"什么干吗？"哈罗德不解地皱起眉头。

——装什么傻啊。

"先别说我了，你刚刚竟然问人家有没有被霸凌，我都被吓了一跳。没想到你这么不擅长问话，早说啊。"

埃缇卡没有反驳。她仅凭着远超常人的电索能力一路走到今天，当面沟通这种事情一直都是由辅助官负责，毕竟这是她不擅长的领域。

"看来今后这种事情还是交给你比较好。"

"感谢你明智的决断。"

"不过，比嘉看起来不像是藏匿李的那个人，她应该不是生物黑客。"

"为什么？就因为她没看出来我是阿米克斯？"

"不是。生物黑客一般对电子装置和人机融合技术比较有研究，对机器人工学倒兴趣不大。"

"没错,她对电子装置有一定的了解。"哈罗德低头看着自己的手腕,"刚才比嘉看出了这是终端机。机械否定派的知识一般只停留在小型移动电话的程度。按理来说,在她眼中,这应该只是一块普通手表。"

埃缇卡完全没有注意到这点。经他这么一说,确实有道理。比嘉见咖啡洒了出来,内心有些慌乱,不小心说出来那是终端机。这条推论确实有可信度。

"如果是这样的话,那李去了哪里?"

"当然是被她藏起来了,她慌忙离开就是最好的证据。"

"那是因为你对她露出了不怀好意的笑容吧。"

"哪里有不怀好意?"哈罗德装傻充愣了起来,"即便我不做这些,她也会找机会离开客厅。因为她必须让李逃离这里。现在应该在做准备。"

"你凭什么这么笃定?"

"你可以走出去,绕到后门等着。很快就可以得到确凿的证据。"

埃缇卡很想笑着调侃一句"你在开玩笑吧",但哈罗德的观察力确实远超常人。虽然内心很不想承认,但埃缇卡还是不情愿地从沙发上站了起来。

"我去后门蹲守,那你呢?"

"我要留在这里,从比嘉口中问出真相。"

"千万不要有什么奇怪的举动。"

埃缇卡耐心叮嘱一番后,走出了客厅。刚走出屋子的瞬间,刺骨的寒意迎面扑来。埃缇卡顶着严寒走下露台,朝着后门走去。要是李真的出现,那就不得不承认哈罗德的眼力了。

房屋后面只停着一辆雪地摩托车,那里空无一人,四周被死一般的寂静笼罩着。不过,埃缇卡总觉得哪里不对劲……明白了,雪地摩托车上没有一丝积雪,可能是刚从哪个车库里推出来的吧。埃缇卡正想上前确认,突然,像是算好了时机一般,后门被悄悄打开。

起初,埃缇卡以为走出来的那个人是比嘉,因为身形十分相像。那个少女穿着一件斗篷式外套,浑身被裹得严严实实。她没有观察四周,直接朝着雪地摩托车快步走去。埃缇卡看不见她的脸。不过,会有除比嘉以外的女孩从屋子里走出来,理由只有一个。

埃缇卡在本能的驱使下向前跑去。

"站住!"

跨坐上雪地摩托车的少女惊愕地抬起头,看来她一直没发现埃缇卡的存在。四周十分昏暗,几欲熄灭的路灯照亮了她的脸。两人四目相对,系统开始自动比对数据库,并弹出她的个人信息。

埃缇卡顿时感到全身血液剧烈涌动。

"克拉拉·李!"

可眼下连阻拦的机会都没有。李一脚将油门踩到底,快速启动了雪地摩托车。地面扬起一片雪雾，将埃缇卡的视野染成银白色。真是糟糕透了。埃缇卡连忙拂开雪雾，睁开眼睛，但雪地摩托车早已驶远。行驶速度非常快，徒步根本无法追上。

"可恶！"

好不容易找到了，决不能就这么让她跑了。

"电索官！"听到某人的声音，埃缇卡连忙回头。只见哈罗德从后门探出身子，"李呢？"

"让她跑了！"但现在没空跑去开停在路边的拉达红星，"借用一下比嘉的车吧！"

埃缇卡边喊边启动YOUR FORMA的标记功能。厚厚的积雪上浮现出一条清晰的轨迹。那是李的移动路线。埃缇卡在信息网上添加了全息标记，这样就不会跟丢了。

埃缇卡刚回到屋子的正门处，便听到了吉普车的喇叭声。是哈罗德，他早已坐在了驾驶席上。但没看见比嘉，可能还在屋子里吧。不过，她已经没有了可以逃离的交通工具，可以暂时先不管她。

埃缇卡跳进副驾驶席，立刻关上门。

"我添加了标记，全速追赶，快点！"

"我开车的原则是安全第一。"

哈罗德踩下油门。这辆破旧的吉普车竟然连自动驾驶功能都被拆除了，只有暖气功能还说得过去，竟然有人敢开这种破铜烂铁上路。

"所以，比嘉都招了吗？"

"那是当然。"哈罗德云淡风轻地点点头,"比嘉说她和李是堂姐妹关系,她们从小就像亲姐妹一样亲密。这次也是在她的恳求下,才答应让她住在家里。她说李没想到这一切是病毒引起的,还以为幻觉症状是生物黑客技术引发的副作用。"

在找到李的那一刻,一切便已明了,换句话说,哈罗德的判断完全正确。埃缇卡已经没有力气再为之惊讶了,自己竟然为了那点可怜的自尊心,迟迟不愿承认阿米克斯的能力,想来真是愚蠢。事实证明,他的确是个合格的搜查官。

思虑片刻后,埃缇卡只好回应说:"亏你能在这么短的时间里问出这么多信息。"

"比嘉性格单纯,但又很容易情绪化,所以我想,让她对我产生对异性的好感或许会让事情好办一些。后来确实很顺利。"

哈罗德露出一脸人畜无害的笑容。埃缇卡实在难掩内心的厌恶,原来如此,这家伙一开始就抱着这种目的,终于明白了他的用意。

"也就是说,她把咖啡递给你的时候,是你故意害她把咖啡洒出来的?"

"没错。我想确认她是不是生物黑客,同时也想吸引她的注意。"

"然后你就顺势握住了她的手。"

"身体接触有很多好处,其中之一就是可以缩短心理距离。"

埃缇卡莫名地感到头疼:"看来你还配备了玩弄女人的功能。"

"怎么会,这些都是查案所需。"

"哪里是查案所需，你已经处在违规的边缘了。下次再敢做这种事情，我就向十时科长报告。"

没错。都说阿米克斯是人类最理想的朋友，但这个家伙绝对是个例外。

李的轨迹在雪原上蜿蜒前行，穿过荒无人烟的区域一路南下。追踪一段时间后，凯于图凯努河呈现在两人面前。冻结的河面上有一辆雪地摩托车正向前疾驰——是李。哈罗德动作麻利地转动方向盘，将车开向河边。李发现他们后，进一步加快速度，眨眼间便将他们甩开，简直不要命。

"她不是感染了病毒吗？怎么还那么有活力啊！"

"比嘉说她用自制的抑制剂让李体内的装置全部停止运转。那是一种在生物黑客出问题时会用到的药物，可能比正规的运作抑制剂还要管用。"

"意思是，无照医师的实力不容小觑。"天哪，饶了我吧。

"她应该到了要加药的时间，但因为我们的造访，她没办法用药。"

"所以，我们要追到李的抑制剂失效为止吗？"

忽然，一阵狂风袭来，掀起漫天的雪雾，恰好盖住了挡风玻璃。埃缇卡吓得往后一缩，哈罗德却毫不犹豫地继续加速。飞舞的雪花飘落到窗户上，等视野再次变清晰的时候，吉普车已经紧挨着河岸，与李的雪地摩托车并排行驶。

只能趁现在了。

"快停下！"埃缇卡摇下车窗，"我们是电子犯罪搜查局的！"

李竟然连头也没回。埃缇卡将手伸向腿上的枪，就在这时，李娇小的身体突然像失去轴心一般，开始大幅晃动，紧握着车把的手随之松开，整个人无力地从车背上滑落。

等一下——

李重重地摔在冰面上，向前翻滚了几圈。失去操控者的雪地摩托车继续向前行驶一小会儿后，很快也翻倒在地，发出了一阵尖锐的摩擦声。

"啊……"哈罗德下意识屏住了呼吸，"也太惨了。"

其实不该追这么紧的，但现在想什么都晚了。

埃缇卡和哈罗德走下吉普车，来到仰躺在地的李身旁，但她已经失去了意识。额头被划伤，似乎流了很多血。

"有失温症的征兆，抑制剂好像早就失效了。"

"立刻叫救护车。"

埃缇卡慌忙用YOUR FORMA拨号，与此同时，一股莫名的苦涩感涌上心头。这次的做法显然不够妥当，但她也没想到李会为了逃跑如此拼命。

叫完救护车后，埃缇卡扭过头，发现哈罗德正跪在河面上。他脱下自己的外套，裹在了躺着的李身上，然后解下围巾，开始帮她擦拭血迹。

"喂!"埃缇卡惊慌失措地说,"就算你是机器人,也会因为循环液冻结而出故障。"

"无所谓。我坏多少次都可以修好,但人类不行。"

哈罗德的语气十分严肃。一股焦灼的情绪涌上埃缇卡的心头。没错,阿米克斯就是这样的存在,他们必须循敬爱规约,体贴人类。她极力压抑住内心的焦躁,毕竟工作还没结束。

"路克拉夫特辅助官。"埃缇卡脱下手套,肌肤被外部的冷空气冻到发麻,但她并没有在意,而是径自拿出两根连接线,"趁急救员到来之前,先来调查一下李的机忆吧。"

哈罗德有点不敢相信自己的耳朵,他惊愕地抬起头。

"你在说什么?她现在的状态很危险。"

"我知道,但电索并不会让她恶化。"

"我们要尽可能避免挪动李的身体,否则可能引发室颤……"

"也是,万一她出点什么意外,事情就麻烦了。"

YOUR FORMA是一种与大脑一体化的装置,如果用户的生命活动停止,YOUR FORMA也会停止运作。最麻烦的是,为保护用户的个人隐私,到时预设程序会自动摧毁包含机忆在内的所有记忆数据。一旦摧毁,处理起来将会十分棘手。届时必须取出YOUR FORMA才能进行数据恢复,但没有哪个国家对此具备法律约束力,一旦死者的家属反对,执行起来将无比困难。双方争吵不休,家人装作不小心把遗体埋掉的事情时有发生。所以，作为电索官，选择趁现在连线是十分合理的决断，至少埃缇卡是这么认为的，而且也必须这么做。

"把李翻成俯卧姿态。"

呼啸的寒风拂过埃缇卡的双腿。哈罗德一脸茫然地仰头看着她，脸上写满了难以置信。

——你才不是真的怜惜她，只是情感引擎程序指引你做出了相对道德的反应而已，少在这装模作样了。

"路克拉夫特辅助官，我们的工作是什么？"埃缇卡用略显激动的语气说，"是找出知觉犯罪的嫌疑人，而不是照看李的伤势。我又不是要你杀了她，而且我也已经叫了救护车，该做的事情都做了。"

哈罗德沉默不语。

"快点接上。"

埃缇卡递出安全绳，但哈罗德没有伸手要接的意思。不仅如此，他还把手搭在李的身上护着她。不知为何，他投来的眼神里夹杂着一丝怜悯。

——少来！区区机器人，凭什么用这种眼神看我？

"电索官，请你冷静点。"

"如你所见，我很冷静。"埃缇卡气愤地说，"你想妨碍搜查吗？"

"不是。我只是觉得，事情要分轻重缓急。"

"看来你很清楚。既然知道，就快点让我和她连线。"

"人命最重要,对吧?"

"如果我们不趁现在潜入李的机忆,搜查会举步维艰。万一她出现什么意外,你有办法说服李的家人吗?"

"现在聊的不是这个。"

"但情况就是这样。不管怎么努力,我们都救不了她。"

两人都没有眨眼,就这样瞪着彼此。

不知不觉间,雪势变得大了起来,雪花如泪水般簌簌落下。

这个机器人十分擅长做出正确的举动,明明只是一具空壳。一切不过是敬爱规约让他产生的幻想,仅此而已。

阿米克斯真是令人讨厌。

过了一会儿,哈罗德轻轻咬住嘴唇。经过一段如芒刺背的沉默后,他终于艰难地开了口。

"明白了。那我们就尽量不要挪动她,让她躺着连线。"

总算想通了。埃缇卡把探索线递了过去。为避免晃动李的身体,哈罗德小心翼翼地抬起她的头,将线接到她的后颈处。接着将安全绳的两端插到自己和埃缇卡的接口上。

他看起来不太高兴,但埃缇卡没有理会——不管他怎么看我,都无所谓。

"开始吧。"

说完这句惯用台词后,埃缇卡开始下坠。她只想借助这种自由落体的感觉,拂开内心挥之不去的焦躁。不管发生什么,只要开始下潜，就不会在意。本该如此。

她开始阅览李的表层机忆。学院的舞房呈现在眼前，掌心传来扶杆的触感，身穿紧身舞衣的同学们……好喜欢跳舞，将来一定要成为首席芭蕾舞演员。在坚定的决心的一角，盘踞着一团黑影，那是李不敢直面的东西，也就是生物黑客带来的罪恶感。埃缇卡的内心难得地燥动了起来。

黑影总是尾随着李，无论是上课的时候、假期还是与朋友相处的时候。眼中的圣彼得堡街景总是呈冰冷的灰色，充斥着芭蕾用品和电子装置的广告，传统款式的足尖鞋与最新款运动鞋交错滚动，像是在嘲笑她偷偷安装的肌肉控制芯片。代表不安和愧疚的黑影不断膨胀。

别跟李共情，要像平时那样无情地应对。

埃缇卡穿过表层机忆，进入到更深的中层机忆中。哈罗德还没将她抽离。每当出现逆流迹象，她都会设法稳住舵。突然，一栋似曾相识的建筑划过视野，流线型的屋顶上装饰着一尊巨大的球形纪念雕塑。那是在新闻里时常能看到的科技公司利格西提的总公司。八月长假期间，李好像和父母去美国旅行了，她参加了利格西提的参访活动。她好像是通过生物黑客开始对近代的电子装置感兴趣，于是才决定前往利格西提。

埃缇卡总觉得哪里不对劲，而她很快便察觉到了问题的所在。

巴黎的感染源托马·奥吉尔好像也参加了利格西提的参访活动。

5

载着李的救护车的旋转灯逐渐消失在了极夜中。望着雪原上渐远的那抹蓝光,埃缇卡轻吐了一口电子烟的烟雾。气温又下降了许多,这时候感觉到的并非冷,而是痛。

急救员带来的简易诊断AI显示,李多半是因为失温症恶化导致昏厥,使其失去驾驶能力。摔下车的时候头部受到强烈撞击,可能存在脑挫伤。所幸伤势没有严重到危及性命,但她是感染者,眼下无法通过YOUR FORMA进行治疗。不过,埃缇卡相信她一定能康复。

最重要的是,他们总算有了收获。

"感染源的共同点是都参加了利格西提的参访活动。"埃缇卡吐着白烟说,"巴黎的奥吉尔是一名理科生,会关注科技公司很正常。可是李的志向是当一名芭蕾舞演员,这个共同点绝非偶然。"

"是啊。"哈罗德闷闷不乐地说,"还得联系华盛顿分局,确认一下第一起案件的感染源有没有参加那次参访活动。"

哈罗德从刚刚开始就一直不太有精神,整个人有气无力地靠在吉普车上,挂在手臂上的大衣和围巾上还沾着李的鲜血。对这个阿米克斯来说,人类受伤似乎比查案的进展还要重要。从伦理层面来讲,这确实是十分标准的反应,但埃缇卡还是莫名地觉得火大。

不过,话说回来……

"你为什么光靠眼睛就能看出来？"

埃缇卡问道。哈罗德投来略显忧伤的眼神。

"因为曾经有优秀的刑警指导过我。仅此而已。"

如果光靠人指导便可以获得如此出色的观察能力，那全世界的阿米克斯都是天才了。十时说过哈罗德很特别，可能就是指这方面吧。

"你简直就是现代版夏洛克·福尔摩斯。"

"你是在看而不是在观察，这二者之间的区别是很清楚的。"哈罗德不带一丝笑意地引用完福尔摩斯的台词，将身体从吉普车上挪开，"希尔达电索官，你喜欢阅读吗？"

"还行吧，起初我以为你是机·丹尼尔[①]。"

"阿西莫夫是吧。我和他不同，我并非来自太空城。"

"看来你还愿意和我说话。"埃缇卡忍不住说，"经过刚才的事情，你应该深刻体会到了吧，我们是不可能友好相处的。不过，有时候关系不好反倒可以让工作进展得更顺利。你很快就会懂的。"

本以为哈罗德会赞同这个说法，可不知为何，他只是叹了口气。真搞不懂他。而且他还看准埃缇卡熄灭电子烟的时机，帮忙打开了吉普车的车门，态度绅士到令人作呕。都已经这样了，难道他还不吸取教训？

"辅助官，我不是说了，不用白费心思了……"

---

① 机·丹尼尔·奥利瓦（R. Daneel Olivaw）是美国科幻作家艾萨克·阿西莫夫笔下的虚构机器人角色。——译者注

"你为什么要把自己伪装成一个冷酷无情的人呢?"

哈罗德的目光如同一根根尖刺,埃缇卡忍不住瞪了回去。

"你什么意思?"

"我都看在眼里。"哈罗德面无表情,"你坚持要跟李连线,但你却没意识到,因为内心有罪恶感,你当时都快哭出来了。为什么要如此拼命地隐藏自己的情感?"

"你的视觉装置被冻坏了吗?"没等哈罗德回应,埃缇卡转身走向吉普车,"回比嘉那里吧。我来开车。"

"不行,我可不会让这样的你开车。"

到底想干什么?他这仿佛看穿一切的态度真让人火大,明明什么都不知道。

"听清楚了,我没有任何情绪,一切都是你的错觉。"

埃缇卡没有接受哈罗德的好意,执意坐到了吉普车的驾驶席上。哈罗德起初不情愿,但最后还是乖乖坐进了副驾驶席。只有两人的车内比外面要冷得多。

我可不是故意装作冷酷无情,我只是在做自己分内的事而已。

这种机器人,休想走进我的内心。

第二章　散落的糖果

YOUR FORMA

1

依然记得那天，即便将春日的柔和气息深深吸入胸腔，紧张感还是未能消退。

"初次见面。您好，爸爸。"

不知从何处吹来的樱花花瓣堆积在公寓的共用走廊上。五岁的埃缇卡背着与身高相仿的背包，抬头看着眼前的大门。从门缝中探出头的是她的父亲，而今天是她与父亲第一次见面。

"不对，我在婴儿房里见过你。"父亲的脸上没有一丝笑意，"妈妈和谁再婚了？"

埃缇卡低下头，沉默不语。母亲时常歇斯底里地叫喊，但有时又对她很好。带走母亲的是个非常年轻的男人，埃缇卡连名字都不知道。

"那我换个问题，你是怎么受伤的？"

父亲的视线落在埃缇卡的脸颊和膝盖的创可贴上。她担心会挨骂，试图伸手遮住，但怎么也遮不完。

"这些只是……那个……不小心摔了一跤。"

"听好了,埃缇卡,爸爸可能也没办法照顾好你。所以,一起生活之前,我们先约法三章。"父亲如此说道,"你要当爸爸的机器人,没得到爸爸的允许,不可以对爸爸说话、要东西,或是情绪化地吵闹。"

埃缇卡只能答应,默默地点了点头。她有种预感,接下来等待自己的日子一定不会幸福,虽然从很早以前开始便是如此。到头来,不管去哪儿都没有太大差别。埃缇卡只知道,自己不管走到哪儿,都得不到重视。

父亲迎接埃缇卡进入家中。玄关收拾得无比干净,甚至到了有洁癖的程度。埃缇卡惴惴不安地脱下鞋子,这时一个女人走了过来。

"她叫澄香,今后负责照顾你的起居。"

澄香与母亲年纪相仿,她的五官十分端正,秀丽的黑发编着精致的造型,身材纤瘦,穿着一件色彩鲜艳的蓝色连衣裙。埃缇卡不禁在心底感叹:好漂亮的人呀!

"初次见面。你好,埃缇卡小姐。"

澄香面带微笑地伸出手,埃缇卡配合地跟她握了握手。纤长的手传来的体温略低,埃缇卡这才意识到,澄香是阿米克斯。

"还有,埃缇卡,你马上要有个姐姐了。你们很快就能见面哦。"

"欸?"

埃缇卡惊讶得睁大了眼睛。父亲的这番话仿佛具备某种魔法,很快消除了她对新生活的不安以及对澄香的困惑,沉重的心情也顿时轻松了不少。

孤独地生活了这么多年,终于要有姐姐了。

*

冬天的加州空气十分潮湿,整个城市被笼罩在湿冷的环境中。

载着埃缇卡和哈罗德的出租车此刻正行驶在旧金山湾沿岸的高速公路上。街上密集地排列着高耸入云的摩天大楼,还有无人机如飞虫般交错穿梭。底下的天空想必永远都是灰色吧,肯定窥不见一丝星光。

"到达利格西提后,先进行电索。"埃缇卡说,"所幸有不少员工愿意协助我们。电索结束后……路克拉夫特辅助官?"

身旁的哈罗德低着头,双手随性地抱在胸前。今天的他穿着厚实的毛衣,怎么看都不像是分局给阿米克斯配备的衣物。他到底是从哪里弄来的?算了,这不重要。

离开比嘉的家后,两人决定前往加州。回圣彼得堡的路上,他们顺利联系到了华盛顿分局的电索官。

"这边的感染源也参加了利格西提的参访活动。他从七月的独立纪念日那天开始请了几天假,去了加州旅行。"

看来感染源的共同点极有可能是利格西提的参访活动。

埃缇卡立刻联络十时科长,申请前往利格西提展开调查。刚在车上摇晃了三十来个小时，接下来还要坐一整天的飞机。谈生意或许可以全靠电话解决，但电索必须亲临现场。

"从病毒的特征来看，嫌疑人的技术应该十分高超。"全息浏览器中的十时说道，此刻的她依旧面无表情，"说到这点，利格西提的程序员全都是来自世界各地的精英，即使嫌疑人混在里面也不奇怪，也可能不止一个。"

"嗯，我会考虑到所有的可能性。"

"形势日渐严峻。不过，能找到利格西提这个共同点，至少有了一点希望。"

埃缇卡等人在追查李的时候，在四个城市确认到新的病毒感染案例，香港、慕尼黑、墨尔本，还有多伦多……每个地方的电索官都在想方设法确认感染源，但迟迟没有进展。因为几乎没有像埃缇卡这样能同时处理多人信息的电索官，搜查进度会落后也无可奈何。

"所以，我很期待你的表现，希尔达电索官。"

"我一定会找到相关线索的。"

埃缇卡虽然嘴上这么说，但内心的苦只能往肚子里咽。老实说，光是听到利格西提这个名字，她就已经害怕到无以复加。

"对了，科长，路克拉夫特辅助官也会和我一起去利格西提吗？"

"当然了。他会以你随身物品的名义一同被运送到目的地。"

在一旁默不作声哈罗德突然皱起眉头："意思是，我会被丢进货舱吗？"

"货舱？飞机上应该有阿米克斯专用隔间吧？"

"我知道。但我只能站在狭窄的密闭空间内，跟货舱没什么两样。"

"放弃吧。无论朋友派的人数增加多少，阿米克斯在国际标准上还是物品。"

"可是……就不能商量一下，让我和人类一起坐头等舱吗？"

"啊？"埃缇卡忍不住叫出了声，"连我都坐不起头等舱好吗？"

"务必要带回病毒的分析结果和员工的个人资料，没问题吧？"

十时毫不犹豫地切断了通话，只留下一脸绝望的哈罗德。

后来，埃缇卡和哈罗德抵达了加州，接着乘坐出租车前往利格西提——事情就是这样。

"路克拉夫特辅助官，你也该振作起来了吧。"

下飞机后，哈罗德一直低着头，一句话也没说。可能因为货舱里非常不舒服吧，他此刻一动不动的样子，不禁令人怀疑他是否出了故障。

"喂？"埃缇卡偷偷看了看他的脸。

哇，眼睛睁着，好歹眨下眼吧，真恶心。

"怎么回事，难道是哪里出问题了……"

"早上好，希尔达电索官。"

"咿！"

哈罗德像突然接通电源似的，冷不丁地端坐起来。埃缇卡吓得往后一仰，头差点撞到车窗。

"哎呀。"哈罗德若无其事地说，"怎么了？"

"我还想问你呢！"埃缇卡差点被吓到心跳骤停，"不要这样吓我好吗！"

"抱歉。因为待在货舱里太痛苦，于是我切断了所有的思维功能。"

"哦。"

——这到底是怎么回事？

"意思是……这一路上你都在睡觉？"

"真是简单易懂的比喻。"

"可你是自己走下飞机，然后又坐进这辆出租车的。那岂不是跟梦游一样？"

面对埃缇卡的挖苦，哈罗德只是微微笑了笑。不过，没出故障就好，万一真出点什么差错，势必会严重影响搜查，这是她最不希望看到的。

出租车终于下了高速，穿过通往利格西提总部的闸门向前驶去。先前在网上调查的时候，就听说了这里占地面积之广，今日亲眼见到，还是大为震撼。内部设有复合式运动设施和高尔夫球场，甚至还有海滩，简直就像一处小型度假区。

利格西提是一家总部位于硅谷的跨国科技企业，在全球疫情期间收购了NEURAL SAFETY的开发机构，并投入巨额资本扩大生产工厂和分销通道。后来研发出YOUR FORMA的不是别家公司，正是利格西提。此外，现在所有的网络服务都是由其提供。毫不夸张地说，利格西提完全称得上是地球科学技术的引领者。

两人在总部前的圆环处下了车，身穿西服套装的女性阿米克斯连忙上前迎接。

"等候二位多时了，希尔达电索官，路克拉夫特辅助官。"一个阿米克斯露出整洁的牙齿，面带微笑地说，"我叫安，专门在这里负责接待客人。"

埃缇卡点了点头，下意识地抬头看了看总部大楼。在奥吉尔和李的机忆中出现过的流线型屋顶上，装饰着一尊闪耀的球形纪念雕塑。啊，他们真的来过这里。

这是埃缇卡第一次造访利格西提，但说实话，她对这家公司的印象并不是很好。

"怎么了？"

埃缇卡被哈罗德突如其来的说话声吓了一跳。不过他问的不是埃缇卡，而是安。不知为何，安一直盯着哈罗德看。

"没什么。"安露出机器人特有的完美笑容，"我来为两位带路，这边请。"

两人跟着安走进了总部。宽敞的入口大厅内装饰着公司标志形状的浮雕作品，往来的员工都穿着轻便的服装，偶尔能见到几个阿米克斯混在其中。他们与安擦肩而过的时候，都会友好地跟她打招呼。

"安。"哈罗德说,"你面子很大啊。"

"不是我面子大,是大家对阿米克斯很友善。不只是公司里,普通民众也是这样,甚至有很多人考虑给我们休假。"

"欸?"埃缇卡忍不住发出了怪叫声,"休假?"

"没错。加利福尼亚州的议员当中也有许多是朋友派,议会认为应该保障阿米克斯的基本人权。休假制度应该会在不久的将来推出吧。"

她说什么?埃缇卡完全是第一次听说。这太可怕了,时代已经发展到这种程度了吗?相反,哈罗德似乎早已知晓这件事,并没有表现得特别惊讶。

"不愧是硅谷的公司,看来我也要考虑移居了。"

安歪着头问:"但我并不想放假,你不这么认为吗?"

"不,休假很重要。安,我可能会搬来这里,为方便到时联络,可以告诉我你的联系方式吗?"

不是,等一下,你又在说什么?

埃缇卡用手肘轻轻捅了捅哈罗德的侧腹,他却装作什么都不知道的样子。他之前对比嘉那样是出于查案需要,姑且可以理解,这次为何又要跟安套近乎?再说了,阿米克斯之间的对话应该只是模仿人类,并没有"实际情感"吧?

不知对哈罗德的话理解了多少,安依旧面带微笑地说:"我没有电子装置,您可以通过事务所找到我。到时有需要我一定会帮您。"

"非常感谢,安。那到时我就不客气了。"

"路克拉夫特辅助官,"埃缇卡轻声责备道,"请你遵守搜查官的规范。"

"我当然知道。"

撒谎,他根本就没做到。

不知不觉间,两人来到了午休室。愿意协助电索的四名员工正在里面等候,他们年纪尚轻,而且都是同一个团队的程序员。当然,和感染源有过接触的不只有这四人,但其他员工都拒绝电索,只愿意配合调查。毕竟电索不只涉及搜查,还会暴露个人隐私,会有人拒绝也很正常。而且,除非对方是上级下令调查的嫌疑人,否则谁也无法强制进行电索。所幸这四个人没有这种抗拒心态。

"我反倒对电索很感兴趣。"

"不知道被人看到机忆的时候是什么感觉,有点好奇。"

"听说只是进入睡眠状态,没有任何感觉,是真的吗?"

"不会不小心陷入别人的情感旋涡吗?"

几人争相提问起来,看来他们对YOUR FORMA电索官的工作充满了好奇心。不过,今天来这里并不是为了跟他们分享电索的体验。

"感谢几位的协助,在同意书上签名后,请躺到床上。"

埃缇卡神色淡漠地说道。四人略显失望地看了彼此一眼,只好乖乖照办。过了一会儿,好像是从当地的医院派遣过来,专门负责公司医务工作的阿米克斯护理师走了进来,往四人的手臂上注射了镇静剂。目标的意识越模糊,电索的效果越清晰,因此镇静剂是不可或缺的。

希望能从他们的机忆中找到将感染源与病毒感染途径串联起来的线索吧。

确认所有人都入睡后,埃缇卡熟练地建立起三角连线。

"路克拉夫特辅助官,准备完……"

埃缇卡将后半句话吞了回去,因为此时哈罗德正滑开耳朵,准备将安全绳插到接口上。无论看多少遍,她都没办法习惯这种场面。不经意间,两人四目对望。

"怎么了,电索官?"

"没事。"埃缇卡难掩不适,"现在说这个可能不太合适,不过,真的没有其他地方了吗?"

"哦,我耳朵挪开的样子有那么可怕吗?"

"那还用说!"

"原来如此。"不知为何,哈罗德露出了愉快的微笑,"机会难得,要不再看清楚一点?"

"快停下!别再靠近我了!我要开始了!"

哈罗德将脸凑了过来,为了逃避,埃缇卡连忙坠入电子海洋中。真是的,他真的嵌入了敬爱规约吗?怎么老是捉弄人类。

必须调整好心情。

四人的表层机忆如花朵般绽开,埃缇卡很快找到了参访活动的那

记忆缝线 1

段机忆,几人在利格西提的日常从身边划过。程序员轻快地编织着程序语言,带着绚丽装饰的圣诞树,莫名地看得出神,突然心情变差,接受定期心理检查,往后颈插入HSB……四人的机忆中记录的情绪都十分稳定,几乎没有愤怒或是悲伤,有的只是对工作的热忱、期待和享受。大型企业的员工精神状态大多都很稳定。据说是因为大型企业会在精神护理方面投入一定预算,以避免员工在工作中承受太多精神压力,员工之间也很少产生纠纷。

依然没有搜索到想要的机忆。坠落速度逐渐加快……突然,埃缇卡与部分仿佛已经化脓的负面情感擦肩而过。那是什么?她定睛一看,好像是某间酒吧内,多名员工聚在一起,热闹地举杯畅饮,应该是饯别会。"再见,索克。""保重。""今后办公室要冷清不少了。"只见一名俄裔男子站在一群人的中间。他就是索克吧?发生了什么?

唯独在这段机忆中,四人的情绪都透着难以言喻的厌恶感。埃缇卡忍不住看入了迷。四人对待索克的态度完全谈不上厌恶,反而像是在送别一位挚友,内外呈现出的东西完全相反。谁都有表里不一的时候,可这四人的情绪之前明明那么稳定,这次却对特定的人表现出了厌恶,气氛也莫名的怪异。这段机忆和感染源完全没有关系,更没办法跟案件联系到一起。索克大口地喝着啤酒,愉快地聊着程序设计的话题,场面如汹涌的海浪般喧闹。店里流淌着轻快的爵士乐……突然有人提到了"缠"这个字眼。"当时我们在开发'缠'……"后续对话被嘈杂声淹没。

埃缇卡顿时感到后背发凉。

"初次见面。您好,爸爸。"

出现了逆流的征兆,必须冷静下来,稳住情绪,不能触碰不该触碰的地方……埃缇卡拼命让自己集中精力。缠……好想把这段声音从耳边拂开,可怎么也摆脱不了。

终于找到了参访活动的机忆,埃缇卡依次阅览起来。先是奥吉尔,接着是李,最后是华盛顿的感染源。她惊讶地发现,和四人一起接待感染源的还有索克,他正自豪地谈论着程序设计的最新技术。这段机忆中完全没有刚才那种厌恶感,着实有些蹊跷。除了这一段,剩下的便是千篇一律的参访活动,没有找到任何有关病毒感染途径和嫌疑人的线索。

"缠。"

那个名字再次在耳边回荡。啊,住嘴!快滚开!

"希尔达电索官?"

被抽离的时候,埃缇卡的大脑一片混乱,连呼吸都变得有些急促。她深吸了几口午休室里的干燥空气,发现哈罗德正用担忧的眼神看着自己。为了不被他发现自己的动摇,她故作冷静地拔出安全绳。

"没有收获。"埃缇卡用沙哑的声音说,"没有发现任何可疑的地方。"

"是啊,他们的机忆太平淡了。会不会是哪里看漏了?"

"不可能。"埃缇卡胡乱地抓了抓头发,"按计划行事吧,你去找其他接触者问话，我去领取所有员工的个人资料和病毒的分析结果。"

"明白了。"哈罗德点点头，但眼神里依然充满担忧，"你的脸色不太好，要不休息一下吧？"

"我没事。还有，问话的时候，记得详细打听一下那个叫'索克'的员工。"

"和他们在一起的那位俄裔男士对吧？他跟案件似乎没什么关联。"

"我也这么认为，只是有点在意……先这样吧，回见。"

哈罗德一副欲言又止的样子，但埃缇卡连看都不看他一眼，直接离开了午休室。她想在被发现之前尽快逃离。缠，缠，缠……那个声音依然在脑中回荡。

啊——就是因为这样，所以才不想来利格西提。

2

一楼南侧的休息室内，员工们正忙碌地处理着各自的工作。

埃缇卡独自一人陷在沙发里，吐了一口电子烟的烟雾。或许是因为配备了臭氧机，清凉的薄荷香味很快消散，不留一丝余味。埃缇卡的心情总算平静了下来。她已经记不清上次在电索期间心生动摇是什么时候了，好像是新人时期，当时初次看见杀人犯的机忆，吓得吃不下饭，再接下来就是这次。

可刚刚看到的又不是什么杀人场面，想来真是丢人。

埃缇卡长叹了口气，熄灭了电子烟。她朝四周扫视了一圈。离开午休室后，安叮嘱她在这里等候，可迟迟没有人过来。

大概又过了五分钟。

"你是希尔达电索官吧？久等了。"

耳边突然传来说话声，埃缇卡连忙抬头。哈罗德站在了她面前，表情比平常还要僵硬，背脊也挺得笔直。

"问完话了吗？未免也太快……"

埃缇卡突然反应过来。仔细观察就能发现，他身上穿的不是毛衣，而是整洁的白衬衫搭配西装马甲，胸口还挂着阿米克斯用的员工证。史蒂夫·H. 惠斯顿……他不是哈罗德，而是外形相同的另一个机器人。

怎么回事？埃缇卡感到无比惊讶。她知道阿米克斯的外表并非独一无二，可没想到会有哈罗德的同款机型。他不是特别设计的机型吗？

"那个……"埃缇卡语气生硬地说，"抱歉，我认错人了。"

"不必在意。"史蒂夫的脸上不见一丝笑意，"公司的顾问想直接告诉你病毒的分析结果，请跟我来。"

"顾问？"

公务繁忙的CEO事先已经发过视频信息，顾问为什么还要特意

记忆缝线 1

露面?可没等埃缇卡开口确认,史蒂夫已经迈出了步伐。虽然很是疑惑,埃缇卡也只好乖乖跟了过去。

两人来到电梯大厅,走进一间装饰得极其华丽的电梯。门关上后,电梯内一片死寂,史蒂夫的表情更是冰冷得令人害怕。与哈罗德一样的面孔,却摆出一副生人勿近的表情,这种气氛真是窒息。一般阿米克斯会主动讨好人类,但他似乎不太一样。态度虽然恭敬,脸上却没有任何表情,简直是机器人的典范。

正当埃缇卡想着这些的时候……

"希尔达电索官,"史蒂夫冷不丁地开口说,"你的搭档和我是同种机型。"

对方是阿米克斯,要是换作平时,她根本不想理会。但眼下这种情况,她再怎么不关心,也没办法做到一声不吭。

"难道你和路克拉夫特辅助官见过面了?"

"确切来说,我是在走廊上碰到了他,不过他并没有发现我。"史蒂夫语气平淡地说,"没想到哈罗德还在运作,我很是惊讶。"

埃缇卡十分疑惑:"你认识他吗?"

"是的,我们以前是同事。"

"同事?在利格西提?"

"不是。"他只是简短地回答了一句,没打算再透露更多消息,"他没给你添麻烦吧?"

"那位辅助官非常优秀。"他确实观察力超群,只是……"难

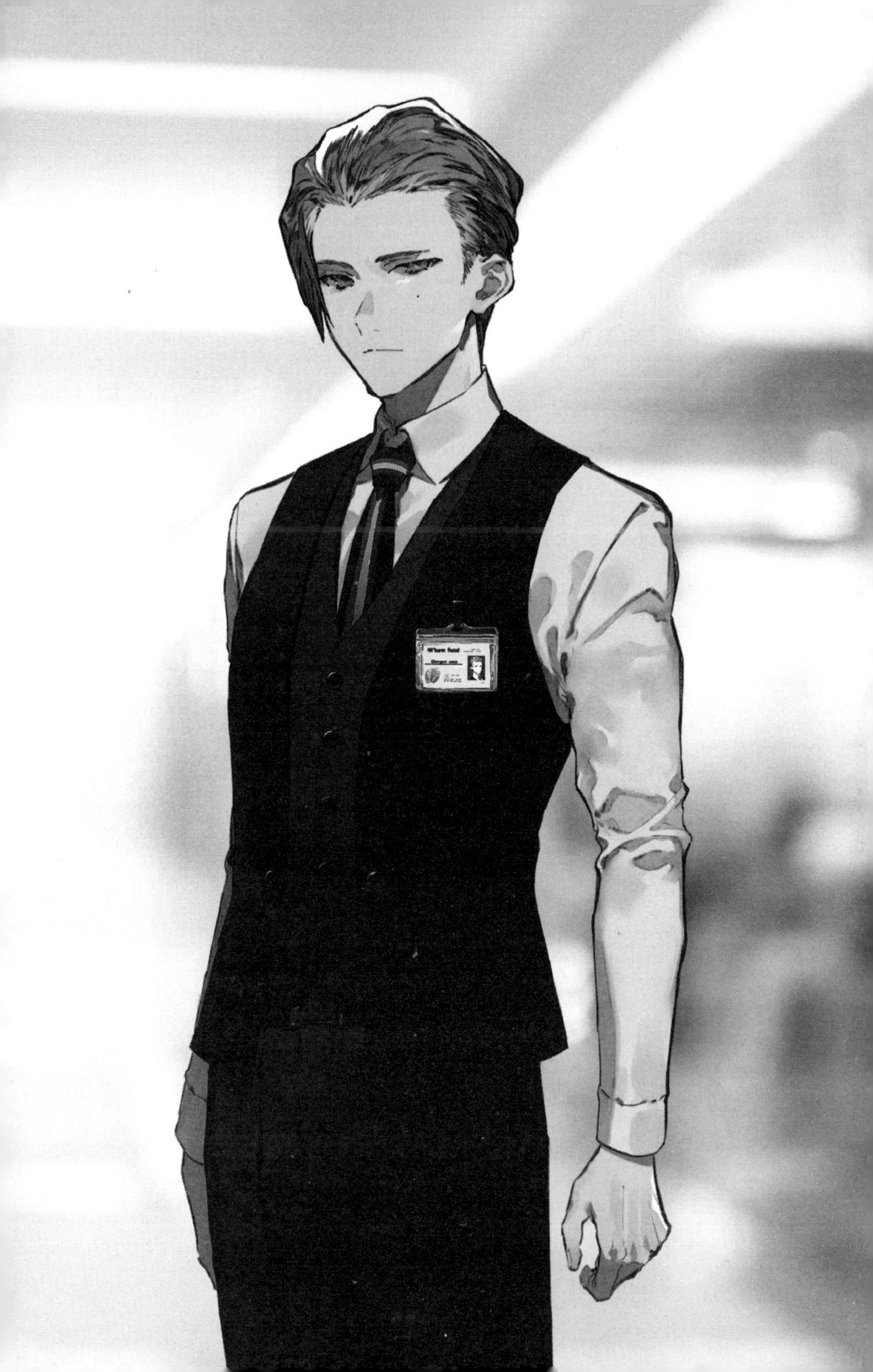

道你也一样，一眼就能看穿我的私事，还擅长将女性玩弄于股掌之间？"

"我对你的印象仅限于'穿一身黑，看起来不近人情'，至于你的私事，我一概不知，而且我的手掌也没有大到可以玩弄人类女性。"

这个阿米克斯的性格跟哈罗德截然相反，简直不敢相信他们属于同种机型。

"我知道哈罗德没有给你添麻烦了，谢谢你告诉我这些。"

不知不觉间，电梯抵达了顶层，打磨得发亮的大理石地板以及令人联想到中世纪教堂的对开门映入眼帘。这是奇幻电影里的场景吗？埃缇卡惊得说不出话来。正因为这样，她才打心底讨厌那些有钱的公司。

"打扰了，电子犯罪搜查局的希尔达电索官来了。"

史蒂夫话音刚落，门开始自动向内打开，里面的光景再次令埃缇卡皱起了眉头。与其说是房间，将其称为温室似乎更贴切。维持原始样貌的亚热带植物直抵挑高的天花板附近，枝叶异常繁茂，上面长满了鲜艳的花朵。每一株都是逼真的仿制品，树上甚至还停着白头海雕造型的无人机。

"这是什么地方？"

"这里是会客室。请在沙发上稍作休息，我去拿饮料过来。"

"谢谢。"

——谁家的会客室长这样啊？

"抱歉现在才问,所以你是……"

"我是顾问手下的秘书。"

史蒂夫丢下这句话后,快步消失在了植物中。即便后面有条亚马孙河在流淌,埃缇卡也不会感到惊讶。这里的品位实在过于独特,看得人一阵头晕目眩。

埃缇卡先在皮沙发上坐下,然而下一秒……

"呀,好久不见了,埃缇卡。"

突然传来的声音令她下意识地屏住了呼吸。等她回过神来时,一名日本男子已经坐在了对面的沙发上。那是个身形稍显瘦弱的中年男子。不同于埃缇卡,他有着深邃的五官,头发整理得一丝不乱。埃缇卡依然清晰地记得,他每天早上都会用发蜡整理头发。清爽的蓝色衬衫十分适合他。

这是她的父亲。

埃缇卡甚至都忘了眨眼——怎么会?这不可能!那个人不是已经……

父亲微微笑了笑。

"我喜欢惊吓初次见面的人,他们时常调侃我说这是恶趣味。"

那个身影眨眼间消失,取而代之的是一头白发的初老男士。他有着一双炯炯有神的杏眼,浑身散发着平易近人的气场,一点也不会让人觉得反感。

"欢迎光临,希尔达电索官。我是本公司的顾问,泰勒。"

伊莱亚斯·泰勒，YOUR FORMA开发项目的主导者，是世间少有的科技革命家，平日从不在媒体前抛头露面。史蒂夫说要带她去见顾问的时候，她就想过了这种可能性，没想到还真被带来见泰勒了。

埃缇卡尽可能用冷静的语气说："不好意思，请问刚才那是……"

"是最新的投影型全息模组，还没对外公开，目前还在内部研发阶段。现在跟你讲话的我也是全息投影形成的虚拟人像。"泰勒看向白头海雕，那似乎是全息投影用的激光无人机，"我目前正在和病魔作斗争，要尽可能避免与人接触……话虽如此，其实生病前我也一直是这样，我不喜欢和人直接见面。"

埃缇卡早前听新闻报道过，泰勒目前处于胰腺癌晚期。医生告诉他寿命只剩下一个月，他本人选择放弃治疗，进入临终关怀阶段。但他没有留在医院，而是回到了此前生活的总部顶楼的私人住宅——也就是这里。

"我是电子犯罪搜查局的希尔达，感谢您协助搜查。"埃缇卡勉强平复心情后，朝白头海雕瞥了一眼，"请问……您是怎么制作出父亲的全息影像的？"

"是根据我们的监控摄像头的扫描数据做成的，很逼真吧？"

"是的。"埃缇卡已经不指望他能有什么合理的用意了。

"我和你父亲是朋友。如你所见，我不爱抛头露面，所以我跟悠聪·希尔达从未见过面，但我们经常通电话。他是个优秀好学的程序员，多亏有他，YOUR FORMA的研发时间缩短了好几年。"

果然绕不开这个话题。埃缇卡强忍着胃部的不适。

埃缇卡的父亲悠聪·希尔达曾在利格西提任职过一段时间。但说实话，她一点也不想回忆起那个人。

"泰勒先生，我想您应该听说了吧，今天我来……"

"是为了个人资料和病毒的分析结果对吧？史蒂夫马上会拿给你。"

泰勒话音刚落，史蒂夫便端着红茶走了进来。他动作麻利地放好杯碟与茶杯，然后轻轻放下一个HSB储存器。

"这里面有包括离职员工在内的所有员工的个人资料，以及病毒的详细分析结果。不过我有个要求，你可以把资料复制后带回去吗？这是禁止外带的公司机密，已经进行过加密，无法进行二次复制。"

"明白了。"埃缇卡点点头，将HSB插到后颈的接口上。

确认档案开始复制后，她看向泰勒："然后，关于病毒，弄清楚幻觉和身体症状的关联了吗？"

"已经查清楚了。"史蒂夫接过话，"病毒通过YOUR FORMA直接给大脑传达信息，借此控制下丘脑的体温调节中枢。所以，从原理上来说，不是暴风雪的幻觉引发的失温症，而是在看到幻觉的同时，体温调节中枢也受到了影响，所以才会产生失温症。"

确实，这种解释比布亚美德的实验更具有说服力。不过，有件事她一直很在意。

"史蒂夫，你是秘书吧？莫非你也是分析小组的一员？"

"史蒂夫总说他是秘书，其实我没有秘书。"泰勒笑着说，"他是我的护工，也是利格西提的工程师、程序员兼建模师，是全能型人才。"

所以史蒂夫也跟哈罗德一样优秀。

"根据我们的分析……"史蒂夫继续说，"病毒有着近乎偏执的精密性，可能只有专攻这方面的研究员才能制造出来。我们也会想办法修复YOUR FORMA的漏洞，但即便解决了这个问题，也很快会被找出其他漏洞。总之，希望你们能尽快找出嫌疑人。"

"我们自会竭尽全力。"

"麻烦你们了。那么，泰勒先生，有事请随时叫我。"

史蒂夫转过身，再次消失在茂密的植物中，就跟这里的管家一样。

"他很听话吧？"泰勒眯细眼睛说，"他是自己来到这里的。"

"……什么意思？"

"他好像是逃出来的，由于是稀有机型，因此被不断转卖。虽然法律禁止个人私下交易阿米克斯，但依然有不少不法分子铤而走险。"

"我知道。"

特制型号的昂贵阿米克斯有时会在黑市被高价转卖，甚至还有国际规模的非法交易案例，只是……

"那个，听说史蒂夫来利格西提之前，还在别的地方工作过。"

泰勒依然面带微笑地说："这个不方便告知，他不喜欢别人谈论这件事。感觉他不太想让人知道这段过往。"

埃缇卡皱起眉头。泰勒应该是朋友派吧？阿米克斯再不情愿，也不过是"模仿人类"表现出来的情感。不，说到底，即使史蒂夫和哈罗德以前一起共事过，那又怎样？这跟工作没有任何关系吧？总觉得自己的步调一直被打乱，可能就是利格西提这家公司害的吧。

文件复制完了，埃缇卡拔出HSB，放在茶几上。

"在您身体抱恙的时候，还占用您宝贵的时间，真是抱歉。"事情办完了，为了早点离开这个地方，埃缇卡准备强行结束话题，"那么，我就先告……"

"等等，没必要急着走吧。"

埃缇卡不得已把刚抬起来的屁股放回沙发上。她知道，泰勒对身为悠聪之女的自己很感兴趣。正因如此，她才想尽快逃离这里。

"面对初次见面的人，有几个问题我必须问清楚。大多数人喜欢借助一次次的无趣闲聊来了解对方，但我想更有效率一点。"泰勒缓缓站了起来，"可以的话，配合回答一下好吗？首先是第一个问题。"

泰勒的态度十分温和，但语气中蕴含着不容拒绝的魄力。埃缇卡极力压抑住内心的焦躁。她很想立刻离开这里，但泰勒是此次搜查的协助者，她无法置之不理。

"你作为没有经历过全球疫情的新生代，为什么会想植入YOUR FORMA？"

"这个……"怎么有点像求职面试的问题，"因为在这个时代，没有YOUR FORMA很难生存。如果想效仿卢德①，那就另当别论了……"

"第二个问题，你是什么时候把'那个'植入大脑的？"

"五岁的时候。在日本，满五岁就可以做YOUR FORMA的植入手术了。"

"即便如此，也很少有父母愿意在孩子刚满五岁的时候就立刻让他动手术吧。第三个问题，你现在的职业……你在电索官方面的资质是什么时候被发现的？"

"十岁的时候，在信息处理能力测试中进入了全世界的前几名。"

"果然厉害。第四个问题，如果没有YOUR FORMA，你觉得自己会做别的工作吗？"

泰勒竖起四根手指，脸上带着微笑。他确实是个天才，但能不能别把普通人牵扯进自己的想法里？如果不是为了工作，埃缇卡早就一口气喝完红茶走人了。

"我做过AI职业适应性诊断，结果显示，除了电索官，没有其他适合我的职业，父亲也希望我走这条路，所以我就选择了电索官这个职业。仅此而已。"

"没有正面回答我的问题，不过算了。"泰勒迈着稳健的步伐绕

---

① 卢德是著名的卢德运动的发起者，曾带领英国工人破坏生产机器，借此对抗工厂老板的压迫和剥削。——译者注

着沙发走了起来,"第五个问题,这是专门针对你设置的问题……悠聪为什么会死?"

埃缇卡的表情不自觉地变得僵硬起来。别问了,唯独这件事不能提。

"我也不知道。"

"真的吗?"

"真的……他没有留遗书。"

当时的记忆逐渐在脑中复苏。

三年前,埃缇卡高中毕业的那天,父亲离开了家。

半个月后,她接到了瑞士自杀协助机构的来电,得知父亲自愿选择了死亡。为避免误会,这里先解释一下,她的父亲没有生病,身体十分健康。埃缇卡应机构的要求去了一趟瑞士,在举行简单的葬礼之后,将父亲埋在了苏黎世湖对面的公墓里。

"希尔达电索官,我知道悠聪为什么自杀。"泰勒低声耳语道,"因为'缠'开发失败,这就是他自杀的原因。"

若没有理智的束缚,埃缇卡恐怕已经用枪指着他,并大喊"住嘴"了吧。

"什么意思?"埃缇卡用低到快听不见的声音问道。

"因为'缠'是悠聪负责推进的项目,是YOUR FORMA的扩增功能。"

"……说起来,我好像看过相关的新闻。"

"看过新闻？悠聪没跟你说过吗？"

"没有。"埃缇卡双手互握，恨不得立刻逃离这个地方，"那个，因为我和父亲的关系很疏远……我平时不太关注父亲的工作，所以不太记得了。"

埃缇卡的父亲是一名才华出众的程序员，平时在家里也是忙得不可开交。即使一起吃饭，他也是随便吃点果冻类的营养食品敷衍了事。不知不觉间，埃缇卡也习惯了这种用餐方式。父亲要埃缇卡完全遵守那个约定，平时绝对不让女儿进入自己的视野范围内。就不喜与人打交道这点而言，他丝毫不输泰勒。

那个人眼中永远只有工作，还有那个叫澄香的阿米克斯。

"至于悠聪为何想要研发'缠'，我想你有必要知道。"

"不了，我没兴趣……"

"你的父亲很优秀。"泰勒并没有打算停下，"你听说过'过滤气泡'这个词吗？"

埃缇卡强忍叹息。能不能别说了！

"我知道，指的是在网络空间中，只能看见自己想看见的信息的现象。"

"没错。YOUR FORMA的演算法可以根据用户的兴趣和思想，自动挑选推送信息……也就是最优化。但这里面也有缺点，用户会像被包裹在气泡里，不想要的信息会完全被排除在外。"

YOUR FORMA能够连接形形色色的信息。因此，为避免用户的视野与思绪过载，必须不断进行最优化。比如刚才安提到的，加州打算给阿米克斯提供休假的事情，恐怕是具有历史意义的革命之举。但埃缇卡从未在热门新闻中看到过相关报道，因为她对阿米克斯不感兴趣，所以演算法不会推送相关新闻。换而言之，这就是过滤气泡现象。

"当然，维持民主主义不可或缺的信息是无法封锁的。"泰勒说，"这几十年来，人类的IQ不断提升。但进化的只有信息处理能力，其他方面几乎维持原样。你觉得是为什么？"

"不知道。我是电索官，不是人脑科学家。"

"那我换个容易回答的问题。你在执行电索时，是怎么处理大量信息的？"

"没想过，只是凭本能在处理。"

"对吧。之所以能做到这些，是因为你在无意识中习惯了以浏览的方式接收大量信息。大脑的处理能力是有极限的，受先天结构的影响，要想处理大量信息，只能快速浏览。这时候，对信息的理解只能流于表面，而无法深入思考。"

埃缇卡也曾看到过有关大脑多任务处理问题的报道。文中表示，人类大脑适应YOUR FORMA后，受可塑性影响，信息处理能力可能会逐步进化。实验证明，处理庞大的信息会削弱专注力和理解力，导致注意力涣散。

"再这样下去，不久的将来，人类将会放弃思考，放弃文化，忘记哲学和荣耀，仅凭自身的欲求和情绪对各种事物作出判断。失去深度思考的能力，退化为人工智能。"

"……不好意思，请问这有学术性的根据吗？"

"研究人员之间也有过意见分歧，答案只有未来才能知晓。"泰勒忧伤地注视着空中，"不过你父亲相信这种学说，身为参与YOUR FORMA开发的一员，他深感自己责任重大。"

没有一点可信度，埃缇卡实在无法相信。父亲可是标准的冷血动物，只想随心所欲地控制身边的人。

"'缠'是一个全世代型情操教育系统，用于唤醒人类的人性，让人类回想起珍贵的情谊。但这个项目以失败告终，悠聪也因此选择了自杀。"

"可那个人死的时候，距离'缠'开发失败已经过去好几年了。"

"电索官，人不会在遭遇人生最大的失败时立刻想死。但失败带来的创伤会让毒素一点点渗入，等毒素传遍全身时，才会决绝地选择死亡。"

埃缇卡沉默不语，只是低头看着漾起微波的红茶。不知从何处吹来的空调风让液体表面害怕似的抖动起来。所以，泰勒为什么要说这些？他刚刚说自己是个有恶趣味的人，或许是故意想聊些让对方感到不快的话题吧。不管怎样，唯一可以确定的是，埃缇卡此刻的心情非常糟糕。

记忆中，她并没有为父亲的死特别伤心过。

"泰勒先生，"埃缇卡语气平静地说，"所以，您说这些话的结论是什么？"

"跟你聊天果然不费劲。你讨厌悠聪吗？"

"虽然对他的朋友说这些不太合适，但不得不承认，我确实讨厌他。"

泰勒望着在空中悠然滑翔的白头海雕，眯起一只眼睛。完全不明白他想说什么，埃缇卡也不想明白。事到如今，为何要把这些告诉她，埃缇卡只觉得愤怒。

"我要回去查案了。回头有需要的话，还会来麻烦您的。"

*

"我们找所有与感染源有过接触的员工问过话了，每个人的言行都没有什么可疑之处。也有可能是外部的人为了模糊嫌疑人的形象，故意利用了利格西提。"

结束搜查后，埃缇卡和哈罗德在总部前的圆环等出租车。哈罗德用电子装置打开的全息浏览器中显示着十时科长的身影，他正在进行简易汇报。

"如果真像辅助官说的那样，那外部人员是如何获取到参观者的个人资料的？"

埃缇卡也点点头："服务器没有被入侵的迹象。"

"有没有可能是通过社交网络的分享内容挑选的参观者？"

"不排除这种可能……另外两个人还好说，但李并没有发文提她去了利格西提。"

"每次搜查的时候我都会想，要是所有人都肯配合电索就好了。"十时用鼻子轻呼了口气。里昂现在是深夜，她正穿着家居服窝在家中，腿上趴着一只毛发顺滑的猫咪，"看来只能慢慢调查了。我会试着对希尔达共享的员工个人资料进行分析，弄清这些人的行动轨迹。"

"还有，关于克里夫·索克。"哈罗德突然开口说，"他好像在利格西提担任了半年左右的程序员，后于一个月前离职，转为了自由职业者。"

"欸？"十时疑惑地扬起眉毛，"你在说谁？"

"我们在员工的机忆里看到了一个俄裔美国人。"埃缇卡解释道，"几人对他的情感让人有些在意……辅助官，索克在人际关系方面遇到过什么问题吗？"

"没有，他跟旁人的关系似乎很好。"

索克与知觉犯罪之间没有任何具体的关联性，但埃缇卡在机忆中确实察觉到了异常。经验告诉她，保险起见，还是调查一下比较好。

"十时科长，可以请你优先确认一下索克的行动轨迹吗？"

"明白了。我会先从业绩好的程序员开始，不过会把他安插在前面……"

"喵。"耳边响起一阵酥软的叫声。十时大腿上的那只猫咪伸了个大懒腰,站了起来。它的耳朵十分小巧,是一种名叫苏格兰折耳猫的品种。蓬松的皮毛和粉红色的鼻子逐渐逼近,最后占据了整个画面。

"喂,甘纳许,不许捣乱。"十时立刻露出柔和的笑容,伸手抱起猫,"怎么了?是饿了吗?明明刚刚才吃过饭,真是个贪吃鬼。"

埃缇卡突然感到后背发凉。糟糕,要开始了。

"好可爱的猫。"哈罗德说,"是机器人宠物吗?"

"是啊。路克拉夫特辅助官,莫非你也喜欢猫?"

"是啊,因为睡在一起很暖和。"

"对,没错!好像是昨天吧,早上起来的时候,甘纳许它……"

"科长,"埃缇卡慌忙探出身子,"报告完毕,我们接下来要赶回程的飞机。"

"啊,对啊……辛苦你们了。回到圣彼得堡后,你们两个可以休息一天。"

"谢谢科长,后续有进展的话,再联系我们。"

为了切断甘纳许的叫声,埃缇卡慌忙按下通话结束键。她看了看哈罗德,此时的他正一脸不解。看来他还没发现自己刚脱离险境。

"为了你的将来着想,我提醒你一句。"埃缇卡用无比严肃的语气说,"科长聊到猫的时候,你千万别接她的话,否则你要么陪她聊到天亮,要么会遭受数百张猫咪照片的'恐怖袭击'。"

十时是一位值得信任的上司,但她对机器宠物已经着迷到了令人发指的地步。她认为真正的猫总有一天会死去,但机器宠物不会死,完全可以放心地爱它们。

"话虽如此,可猫确实很可爱啊,科长会变成那样也很正常吧?"

"那已经超过正常程度,完全是对机器人上瘾了吧。"

机器人成瘾症是近来十分常见的一种精神疾病。这类人跟机器宠物或阿米克斯相处时感到十分愉快,但对人却逐渐变得漠不关心。十时也有这种倾向,她已经好几年没有人类伴侣了,注意力全放在了机器猫身上。

一番折腾下来,埃缇卡已经疲惫不堪。她叼着电子烟,静静吸了一口。先是利格西提,接着又是泰勒,折磨神经的事物接踵而至,她只觉得脑袋隐隐作痛。

"电索官,你的脸色不太好呢。"

"那是你的错觉。"埃缇卡吐了口烟雾。为避免搭档刨根问底,她故意转移话题,"对了,我刚才遇到一个和你同型号的阿米克斯,叫史蒂夫什么的……"

"是史蒂夫·豪威尔·惠斯顿吧。"哈罗德毫不惊讶,"我听安说了,她之前一直盯着我看,是因为她认识史蒂夫。"

"这样啊,还以为是因为你的脸长得太英俊呢。"

埃缇卡本以为自己的讽刺已经够明显了。

"能得到你的夸奖是我的荣幸,那你要不要靠近点看看?"

"我可没有夸奖你的意思。你不要过来,别有事没事靠我这么近。"

"没必要这么慌张吧。"哈罗德面带微笑地缩了回去,"你这个人果然很有意思。"

"闭嘴。"埃缇卡清了清嗓子,真拿这家伙没辙,"所以,你和史蒂夫见面了吗?"

"没有。不过,我不知道他还在运作。"

"他也说了同样的话……他说之前跟你是同事。"

"是啊,那是一段很愉快的回忆。"

哈罗德只是简短地回答了一句。埃缇卡很想追问下去,但她还是忍住了。若是轻易问太多问题,会显得自己好像对他有兴趣。

"那个,怎么说呢……史蒂夫比你高冷一些,不过对待工作认真诚实。"

"这话说得,好像我不诚实一样。"

"啊,我不是这个意思。"糟糕,不小心暴露了自己的真实想法,"你的外形跟他一样,只要穿上相同的衣服,然后不说话,应该也会显得很诚实。"

"你还不如不解释呢。"他实在是听不下去了,"而且我们能区分出来,我们有各自的编号。"

"我知道,写在身体的某个部位对吧?"

"是啊,在左胸口。"哈罗德动作浮夸地将手放在胸口,"浪漫吧？"

"浪漫？"

"因为这里恰好在人类心脏的正上方。"

"先说一句，你这些花言巧语对我没用。"

"我知道，真是可惜。"阿米克斯动作滑稽地耸了耸肩，"话说回来，你不觉得你突然话变多了吗？"

埃缇卡不禁屏住了呼吸。自己刚刚确实话多了一些，可能面对这家伙时，会下意识地放松警惕。

"当有什么事情不想被触及的时候，人类就会开始变得话多。你会放下成见和我这个最讨厌的阿米克斯聊天，看来你内心的压力不是一般的大。"

埃缇卡当即否认："才没有。"

"听说你和伊莱亚斯·泰勒见面了，是不是发生了什么？"

果然被看出来了。他该不会想像李那次一样，准备说些打探人心的话吧？要是连父亲和姐姐的事都被他看穿……

埃缇卡吓得浑身僵硬。

"电索官，吸烟虽然是缓解心理压力的一种办法，但我个人比较推荐吃甜食。"

他顺势递来一小包巧克力点心。看着熟悉的外包装，埃缇卡顿时一愣——什么？

"这是一位员工刚才给我的，不嫌弃的话，你拿去吃吧。"

埃缇卡差点以为自己的喜好已被哈罗德看穿,没想到他这么体贴。埃缇卡刚想伸手接下巧克力。

"算了,我不要。"

"你不喜欢从阿米克斯手上接东西吗?"哈罗德微微放松嘴角,"如果是这样,那你不要当作是我给你的,就当是利格西提给你的礼物吧。"

"喂。"没等埃缇卡拒绝,哈罗德二话不说便把巧克力塞到了她手上,"我、我不是说不要了吗!"

在两人相互推脱的时候,出租车的车灯划破昏暗,朝这边驶来。哈罗德迅速走向出租车,埃缇卡最终也没能把巧克力还给他。

这家伙怎么回事?她握着那一小包巧克力,恨不得就这样让它在掌心融化消失。

真是令人头疼的好意。

阿米克斯只是知道俘获人心的方法而已。不过都是程序使然。

3

第二天,难得的休息日被哈罗德的一条信息无情摧毁。

比嘉邀我外出约会。今天中午,我们约在米哈伊罗夫斯基公园碰面。

记忆缝线 1

这条信息宛若晴天霹雳。埃缇卡本在宿舍里惬意地睡着懒觉，怎料被一条信息惊醒。明明昨天才刚提醒过他要遵守搜查官的规范。

顺带一提，我计划十一点半左右抵达离那里最近的科斯季尼德沃站。

啊，真是的！开什么玩笑！

所以，尽管是休息日，埃缇卡却被迫在地铁里摇晃。终于到了目的地附近的车站，她有气无力走上扶梯。聊点题外话，圣彼得堡的地铁在地下很深的位置，返回地面需要花费三分钟左右的时间。

来到室外的瞬间，袭来的寒风差点连她内心的烦躁一并冻结。

哈罗德靠着路灯站着。他穿着一件松垮的毛呢大衣，搭配一条酒红色的围巾。可能因为今天是休息日，他没有用发蜡整理头发，平日整齐的刘海自然地垂下，让他多了几分稚气。但这些都不重要。

埃缇卡气冲冲地走了过去。哈罗德连忙抬头，朝她眨了眨眼。

"电索官，今天是休息日，你怎么穿得跟工作的时候一样？"

埃缇卡低头看了看自己的衣着。黑色长款外套、黑色毛衣、黑色牛仔裤、黑色靴子，这身穿搭放在平日也不会显得很突兀吧。至少她是这么认为的。

"我的穿着哪里有问题吗？"

"没有。"哈罗德似乎发现了什么,"我有个问题想问一下,除了黑色,你还有其他颜色的衣服吗?"

"没有。穿其他颜色的衣服每次还要考虑搭配的问题,太麻烦了。"

"原来如此,我知道你不懂生活情趣……但这样真的很浪费。"

"啊?"他到底想说什么?"我想穿什么是我的自由吧,更重要的是……"

"顺便问一下,我看你总是戴着那条项链,是因为很喜欢吗?"

"别问这么多。"埃缇卡下意识地捏住胸口的药盒形项链,"难道你是什么穿搭软件?"

"你需要的话,我也可以当穿搭软件,你适合穿蓝灰色的外套。"

"我是来劝阻你的。"埃缇卡没好气地瞪着他说,"比嘉是案件的关系人,你身为搜查官,怎么能私下跟她约会。更何况你还是阿米克斯……"

"我的确跟比嘉约好要见面,不过约会是假的。"

"……假的?"

"因为我想叫你出来,我想着这样你一定会赶过来。"哈罗德露出满脸的微笑,一点也不觉得自己有错,"这是阿米克斯式笑话,怎么样,搞笑吗?"

埃缇卡顿时虚脱——这台破机器,真恨不得现在就把这张精致的脸蛋揍得鼻青脸肿。

"你这家伙……休息日把人家吵醒，还好意思说……"

"都已经中午了，睡懒觉并不能有效消除疲劳。"

"你给我闭嘴。"这家伙肯定不懂睡觉是件多幸福的事情，"那你跟比嘉见面的真正目的是什么？"

"她在电话里说决定要跟我们缔结'契约'了。我并非正式的搜查官，所以必须有你在场见证。"

契约……也就是说，以民间协助者的身份缔结契约。

两人从凯于图凯努回来后，电子犯罪搜查局决定挑选比嘉作为民间协助者。所谓民间协助者，其实就是密探。以不追究过去的生物黑客行为作为交换条件，让比嘉暗中监视黑社会组织的动向，有情况随时汇报。而推荐她当民间协助者的，正是哈罗德。

"说到底，少数民族会参与生物黑客活动，主要因为在维持文化的基础上获得合理收入十分困难。如果在这种情况下强制取缔，势必又会导致一种文化灭绝。所以，最好换种方式应对。"

老实说，埃缇卡无法理解哈罗德的这种想法。这种小规模的民族文化即便消失，如今这时代也不会有人在意。但她也不会刻意反驳这种观点。向十时提议后，上层正式向比嘉发出邀请，等待她做出回应。

"即便如此……如果下次你再用这种方式骗我出来，我会拒绝跟你讲话。"

"没关系,我会想办法让你开口。"

"闭嘴,给我好好反省去吧!"

埃缇卡很快感到疲惫,她试图让自己打起精神。毕竟这有一半算是工作,必须得调整好心情。

比嘉正在约定的碰面地点——米哈伊罗夫斯基公园的入口处等待。她头戴彩色毛线帽,身穿纯白色的羽绒大衣。这些都还正常。

埃缇卡和哈罗德几乎同时停下脚步。

"所以……"埃缇卡歪着头,指向比嘉那边,"那是她的朋友吗?"

"就算是,应该也不是很熟。"

比嘉面前站着两个男性阿米克斯。他们穿着发霉的夹克,搭配破了洞的长裤,脚下踩着一双沾满泥泞的运动鞋,头发和皮肤上沾着不明污垢。一看就知道他们是没有主人的流浪阿米克斯。

埃缇卡和哈罗德若无其事地走了过去,流浪阿米克斯发现他们后,慌忙跑开。比嘉的嘴唇不停颤抖,看起来非常生气。

"那些家伙怎么回事……突然跑来要我给他们钱,简直莫名其妙。"

"他们是流浪阿米克斯,专挑年轻女性和旅客下手。"

他们是被持有者非法弃置的阿米克斯,相当于人类的流浪汉。平日向路人强行讨要金钱和衣物,一般住在胡同或废弃的空房里。流浪阿米克斯的存在是社会问题之一,每个国家、每座城市的处理方式都各不相同。圣彼得堡这边几乎是放任不管。

"阿米克斯？"比嘉疑惑地说，"我没有仔细观察过真正的阿米克斯……还以为他们是人类。"

"这样啊。"哈罗德面带微笑地说，"我们稍微走走吧，让你平复一下心情。"

这么说来，他打算对比嘉隐瞒自己的身份到什么时候？这里又不是限制区域，而且她都答应要当协助者了，没必要再瞒着她吧？

在冬日的摧残下，米哈伊罗夫斯基公园里的树木变得十分萧条。途中能看到孩童与负责看护的阿米克斯、年轻的情侣、老年夫妻等在公园里散步。哈罗德和比嘉在长椅上坐了下来，埃缇卡则靠在附近的树上。

"李后来还好吧？"哈罗德问道。

"还存在幻觉症状，不过脑挫伤康复得差不多了，应该也没留什么后遗症。"

幸好李没死。埃缇卡心想。当时她把电索放在第一位，采取了非人道的措施。但说实话，她也不希望发生最糟糕的事情。当然，这些她绝对不会说出口。

"我刚刚替李去了一趟芭蕾学院，帮她提交了退学申请。"比嘉微微低下头，"那孩子一直想成为首席舞者，可又没什么才能……我是在她的再三恳求下才帮她放了肌肉控制晶片。这次出事后，我们又谈了一次话，最后还是觉得这种做法不光彩。所以，我们也把这件事告诉了叔母他们……"

"毫无疑问,你们做了非常正确的决断。"

"希望如此吧。"比嘉神色复杂地喃喃自语道,"明天有毒品走私贩会从符拉迪沃斯托克逃到圣彼得堡来。我负责用抑制剂让那个人的YOUR FORMA停止运作,协助他逃跑。"

比嘉舔了舔干燥的嘴唇,用澄澈的眼眸看着哈罗德。

"这就是我要提供的第一个情报……我要以民间协助者的身份缔结契约。"

"你能答应真是太好了。只要你遵守契约,我们就会保障你的人身安全。"

见比嘉点头应允,哈罗德递出平板电脑,上面密密麻麻地写着契约内容。比嘉浏览一遍后,谨慎地用手指在上面签名。就这样,契约缔结完成。接下来要把数据共享给十时,并把比嘉提供的情报转达给她。

不过,这一切比预想中结束得更早。现在回宿舍的话,在吃晚餐前还可以睡很久,这样多少还可以享受一下难得的假日。想到这里,埃缇卡的心情轻松了不少。

"那个……"比嘉一改方才的态度,神色扭捏地说道,"其实,我已经很久没有离开凯于图凯努了……难得出来一趟,我想稍微参观一下,如果不嫌麻烦的话……"

不对,等一下。

"没事。"哈罗德毫不犹豫地说,"不嫌弃的话,我可以带你

第二章 散落的糖果 111

逛逛。"

"真的吗？那太感谢了！"

"太好了，那你们两个好好玩。"

赶紧趁现在开溜。埃缇卡挥了挥手，打算快速离开现场。

"希尔达电索官，"哈罗德叫住了她，"我什么时候说你可以一个人回去了？"

饶了我吧。

艾米塔吉博物馆前的宫殿广场上装饰着与圣诞树外形极为相似的冷杉树。YOUR FORMA的分析结果显示，那好像是为了庆祝新年放置的。说起来，还有两天就是新年了，埃缇卡的职业与这类节庆活动无缘，平日总容易忽略这些。

几人在比嘉的要求下来到了一座硕大的博物馆内。在入口处可以听到阿米克斯导游开玩笑似的说："要是在这里迷路，谁也找不到你。"主馆冬宫是罗曼诺夫王朝时代的皇宫，经过多次整修，外观极尽奢华。

"好期待呀！"比嘉顿时双眼发亮，"我从小就很喜欢西洋美术史，经常阅读这方面的书。"

"我也来过几次，你一定会喜欢。"

两人兴致勃勃地交谈着，但埃缇卡对这种艺术性的东西丝毫提不起兴趣。入馆之后，她也只是慢吞吞地跟在两人身后。对于那些金碧辉煌、璀璨夺目的彼得大帝纪念厅、阁楼厅什么的，她也只是神色淡然地路过。里面嘈杂拥挤，不断弹出的个人资料让她感到心烦。她打开YOUR FORMA的设定，将个人资料显示设为关闭。今天好歹是休息日，应该没事吧。

在文艺复兴美术品的展示厅，一尊雕塑吸引了她的目光。一个男孩做着弓背的姿势，正在努力拔除脚上的刺。即便是她这种外行人，也能看出来有多少历史刻印在了他的肌肤上。

"这是《蜷缩的男孩》。"身旁的哈罗德告诉她，"是米开朗琪罗的作品。"

埃缇卡强忍住叹息："这些YOUR FORMA会显示，不用你说。"

"看完有何感想？"

"看完我也想蜷缩起来。"

"没想到你还会说笑话。"

"这不是笑话。"

"我在书上看到过这幅作品。"比嘉若无其事地插到埃缇卡和哈罗德中间，"我记得这是未完成的作品，因为手脚还没有完全雕好……"

"你了解得还挺详细。"哈罗德说道。

"米开朗琪罗的画作也很优秀，不过我还是比较喜欢这种雕塑。"

"还有其他喜欢的作品吗？"

"虽然有点普通，但不得不提圣彼得大教堂的圣母怜子像。"

记忆缝线 1

"我懂，那完全刷新了圣母玛利亚的形象。"

够了。对埃缇卡来说，休息日可不是为了跑来听这种高雅谈话的。顺带一提，比嘉全程把她当空气，可能是之前那次失礼的问话让比嘉很不爽吧。说白了，她现在只是个电灯泡。

既然如此，还不如回家。然而，就在埃缇卡打算偷偷开溜时……

"啊，希尔达电索官，我有件重要的事情忘记跟你说了。"

"重要的事情？"

"比嘉，失陪一下。"

哈罗德跟比嘉打了声招呼，随即抓住埃缇卡的手臂，不由分说地将她带到了展示厅的角落里。这人到底想干什么，真是的。埃缇卡不耐烦地看向他。

"什么事？搜查的事情，还是比嘉的事情？"

"你想偷偷溜回去对吧？想都别想。"

能不能有点眼力见儿，别什么都说破行不行？这家伙真是难相处。

"听好了，路克拉夫特辅助官，"埃缇卡伸出食指，指着哈罗德的胸口，"比嘉想跟你两个人独处，别说你没发现。我可不想在你们约会的时候当电灯泡，我宁愿回去睡觉。"

"这可是工作。"

"怎么看都是闲逛吧。"

"虽然没有假日补贴，但这确实是你职务范围内的工作。"

"之前是谁说要休假来着？"

"那是我为了套出安的联系方式而随意找的借口。"

"其实我忍你很久了，你这轻浮的性格能不能改改？"

"看来你误会了，我只是觉得打好关系不亏。"

"谁知道呢？"

"电索官，算我求你了，别回去。我告诉你一条重要的信息。"

哈罗德把脸凑了过来，埃缇卡吓得全身僵直，内心直呼"不许靠近"。

"其实，是关于那幅绘画。"

"那幅画怎么了？"

"左边的女性和你长得有点像。"

"啊？"

"这个信息很重要吧？"

哈罗德耸了耸肩，转身回到了比嘉身边。这家伙真是胡闹，完全搞不懂他在想什么，就算是为了应付比嘉，他一个人也可以吧，能不能不要动不动把别人拖下水啊……唉，可即便一百个不情愿，自己还是会硬着头皮陪到底。可能这家伙早就看穿了这点吧。

等离开博物馆的时候，已经是接近下午四点，天空开始逐渐暗沉下来。在比嘉的要求下，几人朝着涅夫斯基大道走去。圣诞灯饰逐渐亮起，照亮了往来行人脸上的幸福表情。埃缇卡下意识地别开视线。

"啊。"比嘉在纪念品店前停下了脚步。透过敞开的店门可以看到，里面陈列着各式各样的俄罗斯套娃。

"那个……我想买点礼物回去送给爸爸和李。"

"好啊，我们一起挑吧。"

哈罗德和比嘉一起走进店里。

埃缇卡决定在店外等候。她靠到路灯上，下意识地叹了口气，总觉得今天这样比工作的时候还累。她不习惯把时间花在这些事情上，对游玩散心没兴趣，平日基本很少跟别人一起外出闲逛。埃缇卡没有关系特别要好的朋友，不过，她也不觉得孤独有什么不好。习惯后，一个人反而更轻松。

她像平时一样用YOUR FORMA打开热点新闻。刚浏览一会儿，便忍不住咂了咂嘴，因为新闻列表中竟混进了有关阿米克斯的文章。不合理的推送令她感到烦躁，她愤愤地关闭浏览器。隔着店铺玻璃，她看到了哈罗德与比嘉的身影。哈罗德将一个拇指大小的俄罗斯套娃握进手中，打开后便消失了。这根本就是哄骗小孩的把戏，比嘉却真的被惊到，当即露出了天真的笑容，看起来开心极了。

过去的自己是否也曾笑得那样开心？

——埃缇卡，你要哪个？

埃缇卡感到胸口一阵隐隐作痛。

——爸爸应该喜欢蓝色吧？

啊，似乎想起了那段讨厌的回忆。

——爸爸一定会很开心的。

姐姐带着柔和微笑的脸庞浮现在埃缇卡紧闭的眼睑上。

4

六岁那年的冬天,马上迎来父亲的生日。那是他们一起居住后,第一次为父亲庆祝生日。

"埃缇卡小姐,你要出门吗?请戴上围巾。"

埃缇卡在玄关穿鞋的时候,澄香走了过来。她恭敬地想将围巾递过来,但埃缇卡默不作声地摇了摇头,回了句"不要"。

"今天的最高气温是两度,可能会感冒哦。"

"我不要!"埃缇卡果断拒绝。

不知从何时开始,她不再愿意接受澄香的好意。

"我现在要出门,不要告诉爸爸哦。"

"这是命令吗?如果是的话,为什么不能告诉呢?"

啊,真是的。再磨蹭下去会被发现的。

"总之,就是不能告诉!我们走吧,姐姐!"

埃缇卡丢下澄香,冲出玄关。小小的心脏剧烈地跳动着。

离开公寓后,两人沿着隅田川沿岸的道路快步往前走去。或许是因为刚迎来新年没多久,往日熟悉的景色在今天看起来也格外清新。

"埃缇卡,等等我!"

埃缇卡突然被叫住,她转过头,发现姐姐追了上来。姐姐边调整呼吸，边将那双依然稚嫩的双手伸了过来。

"来，握住我的手。我帮你暖暖，让你暖到没围巾也不会觉得冷。"

"是姐姐常用的那种魔法吗？"

"对啊。"姐姐稚气未脱的脸上露出略显成熟的笑容，"来，握住吧。"

姐姐的双手拥有魔法。虽然听起来很傻，但年幼的埃缇卡真这么认为。因为只要握住姐姐的手，寒冷就会瞬间消失，身体仿佛被和煦的春意包裹，顿时变得暖和起来。

"谢谢姐姐。"

"魔法还没结束哦。"姐姐用纤细的手指指着天空，"你看。"

某样东西轻轻飘落到埃缇卡的鼻尖上，是一片花瓣形状的牡丹雪①。好漂亮！埃缇卡露出了愉快的笑容。

"不知道雪能不能积起来呢？"

"埃缇卡想要的话，就会积起来哦。"姐姐微笑着说，"好，看谁先跑到零食店！"

"欸，啊，等等我！姐姐太狡猾了！"

两人的笑声掠过冰冷的河面。她们要去的零食店位于十字路口的转角处，入口铺着用来刮除鞋底泥土的老旧脚垫，老旧的推拉门开着一条缝隙。平常家里的东西都是父亲在网上买好，埃缇卡很少光顾这

---

① 日语中一种雪的名称，指像牡丹花瓣一样成片落下的雪。——译者注

种实体店铺。她怀着激动的心情，用双手将门推到底。

里面摆放着五颜六色的首饰盒，简直可以用琳琅满目来形容。高高的货架上摆放着的精致点心闪烁着耀眼的光芒，埃缇卡很快看入了迷。店内除了她们，还有几个陌生孩童，大家的眼睛都闪闪发亮。

"埃缇卡，你要哪个？"

即便在这种时候，姐姐还是极力保持冷静。她面带微笑地看着欢欣雀跃的埃缇卡。

"你要送点心给爸爸，对吧？"

"嗯。"

没错，这就是她们今天溜出来的目的。

"我听澄香说，人类在动脑的时候会想要摄入糖分。"

"爸爸总是在拼命地工作。"

其实，埃缇卡从来没有帮父母庆祝过生日，父母也从来没有陪她过过生日。他们似乎没有庆祝节日的意识，因为在他们看来，生日只是日常生活的一部分。所以，埃缇卡也是在接受YOUR FORMA手术、连上网际网络①之后，才第一次知道，生日好像是特别的一天，是需要送礼物庆祝的开心的日子。

"我在网上看到过，本来应该送手表或手帕之类的，可我买

---

① 网际网络是指在广域网与广域网之间互相连接的网络，包括不同类型的协议的网络的互联。生活中通用的因特网（INTERNET）就是很明显的网际网络。——译者注

不起。"

"不过，这里的东西用埃缇卡的零花钱买得起吗？"

"当然了。"埃缇卡下意识地挺起了胸膛，"这个主意不错吧？"

又犹豫了二十分钟后，埃缇卡选了一款糖果。沉重的玻璃瓶里装满了像用冬日天空搓成的糖果。价钱虽然比其他点心贵一点，但好在她一直有存钱的习惯，刚好能买得起。最重要的是，这个颜色最合适。

"姐姐，爸爸大概喜欢蓝色吧？"

"大概？"

"因为他的衣服、手帕、牙刷和拖鞋全都是蓝色的，澄香的衣服也都是蓝色。"

"埃缇卡对爸爸观察得很仔细呢。"

"嗯。因为我们有约定，我不能跟爸爸说话，所以只能多多观察……"

埃缇卡忽然感受到了其他小孩的视线，立刻低下头去。可能是刚刚说话太大声了点吧。

结完账离开零食店的时候，外面已是一片银白。埃缇卡本该高兴的，可内心怎么也平静不下来。仔细想想，每当埃缇卡自作主张的时候，父亲都会生气。今天的礼物也是自己偷跑出来买的，埃缇卡顿时担心起来。可她在网上看父母收到孩子送的礼物都会很开心，同学们也会在父母生日的当天送他们喜欢的弹珠或是父母的画像作为礼物，父母收到后也很开心。

即便如此，埃缇卡还是一脸愁容。

"爸爸收到一定会很开心的。"姐姐像平常一样温柔地抚摸着她的头发，"肯定没问题的。"

姐姐几句简单的安抚，便让埃缇卡内心的不安烟消云散。她也开始相信，一切都会顺利。想来真是不可思议。

她相信只要姐姐说没问题，那就一定会没问题。

真是太天真了。

回到家后，埃缇卡欣喜地跑到书房去找父亲。他正埋头工作着，脸虽然正对着她，眼睛却一直在阅览YOUR FORMA里的内容，完全没有注意到女儿。

"埃缇卡小姐，你有事找悠聪先生的话，我可以替你转达。"

澄香从背后对埃缇卡说道，但埃缇卡没有理会。即便违背约定，她也还是想亲手把礼物交给父亲，她希望能让父亲开心。谢谢，我很高兴——她想象着父亲向她道谢，并初次将她抱紧的场景。

为了让父亲注意到自己，埃缇卡通过YOUR FORMA向他发送起信息，而且不止一条，而是发送了近百条。因为以她的信息处理能力，这些不到一秒钟便能完成。

这时，父亲终于注意到了站在书房门口的埃缇卡。

"爸爸……"

"滚出去。"

他恶狠狠地吼道。埃缇卡有些害怕,但还是没有离开。

"这个……"她战战兢兢地走向父亲,"送给你。这是生日……"

还没等她把"礼物"两个字说出口,父亲大手一挥,轻易打飞了埃缇卡递出去的糖果瓶。玻璃瓶划过半空,优雅地飞舞着。只要不眨眼,时间就一定会暂停,瓶子也就不会掉到地板上,而是悬在空中,定格在原位。

可埃缇卡还是眨了眼睛。

瓶子重重地摔在地板上,裂成无数碎片。糖果四处飞散,发出冰雹般的剧烈声响。埃缇卡一脸茫然地看着眼前的父亲,他的眼中已经没有自己,整个心思都沉浸在了YOUR FORMA里。明明人在这里,心却早已不在此处。

为什么?

"澄香。"

父亲叫的不是她,而是阿米克斯。站在门口的澄香回应说:"我马上收拾干净。"接着转过身。埃缇卡当即尖叫起来。

"不可以!不要收拾!"

父亲突然将手伸过来,一把将她推开。她一屁股跌坐在散落着玻璃碎片的地板上。在那一瞬间,父亲看了一眼埃缇卡。啊,他终于肯看自己了。可埃缇卡一点也开心不起来,因为父亲的眼中充满了冰冷的怒气。

"埃缇卡,你要扮演的角色是什么?是爸爸的机器人!"

我知道，可是……

"嗯。"她明明很想反驳，脱口而出的却是顺从的话语，"对……不起。"

"澄香，快给我收拾干净。"

"明白。不过在收拾之前，我会优先处理埃缇卡小姐的伤口。"

茫然地坐在地板上的埃缇卡被澄香温柔地抱了起来。她们就这样离开了父亲的书房。随着房门缓缓合上，埃缇卡的视线逐渐变得模糊。一直以来压抑的心情顿时裂开、崩塌，并倾涌而出。为什么？我只是想让爸爸开心而已。为什么？我不配让爸爸对我说谢谢吗？我只是想要爸爸拥抱一下我，这也算贪心吗？爸爸为什么要我答应那种约定？他很讨厌我吗？

澄香让埃缇卡坐在客厅的沙发上，小心地为她包扎起被玻璃割伤的手。澄香有着成年女性的指尖，看起来非常灵活，令埃缇卡不由得想起了母亲。如果没有人工皮肤的触感以及比人类略低的体温，她应该会更安心吧。

等回过神来时，埃缇卡已经开始喃喃自语："我想去找妈妈。"

她倒不是真的想念母亲，也从没想过要再回去跟有暴力倾向的母亲一起生活。父亲虽然冷漠，但总比母亲好。说白了，她只是想表达内心的抗拒。

"埃缇卡小姐，悠聪先生其实很在乎你的。"

"你骗人。"埃缇卡根本不相信，"如果澄香也做出同样的事，他一定不会这么生气。"

"很难过吧，真是可怜。"

澄香用手轻抚埃缇卡的脸颊，埃缇卡顿时感到汗毛直立。她似乎真的能感受到自己的悲伤，并打心底怜悯自己。可埃缇卡突然又觉得这一切太过虚伪。

她真的觉得我很可怜吗？

澄香性格温柔善良，从来不会生气，也不会做人类讨厌的事情，她总是那么贴心。这个机器人的设定就是这样的，无论何时，她都会表现得像个理想的朋友。换句话说，这一切都是虚假的，不过是程序使然。

爸爸知道这个道理吗？

明知如此，爸爸还是觉得澄香比较可爱吗？

这样也太奇怪、太荒谬了。

"都是澄香的错。"埃缇卡忍不住发泄起来，"都是因为有澄香在，爸爸才不喜欢我。因为跟我相比，澄香才是听话的乖孩子！"

班上的同学都跟爸爸相处得那么融洽，为什么我不行？

埃缇卡一直在寻找原因。

只有自己不被父母疼爱的原因。

即便将这份悲伤合理化，也不会有人过多追究的原因。

——都是阿米克斯的错。

这个理由简单明了，无可挑剔。

"我跟爸爸不一样，你对我再温柔，我也不会喜欢你，也不会跟你友好相处。因为全都是程序在控制你。这一切都是假的，全都是谎言。我才不相信！别想耍我！"

澄香悲伤地睁大眼睛："埃缇卡小姐，我……"

"给我闭嘴，我什么也不想听！"

埃缇卡甩开拉住她的澄香，把自己关在了房间里。她强忍着呜咽，抱着腿缩成一团。姐姐轻轻贴到她身上，顿时传来一股暖意。姐姐用纤细的双手紧紧抱住埃缇卡。好温暖，这种感觉温暖极了。

"没事的，埃缇卡。"姐姐的耳语如同包裹伤口的真丝，"我最喜欢埃缇卡了。"

没错，没事的，我还有姐姐。

只要有她在，就够了。即便没有其他可以信任的事物，也无所谓。

可是……

"希尔达电索官？"

回过神的瞬间，喧闹声如浪潮般涌来。埃缇卡不知何时已坐在光线昏暗的餐厅的座位上，对面的哈罗德正讶异地注视着她。眼前放着一份完整的基辅鸡排，在橘色灯光下散发着诱人的光泽。

刚刚不小心走神了。明明过去的事情无论再怎么想，也于事无补。

"那个……怎么了？"埃缇卡忍不住揉了揉眼角，"比嘉去哪儿了？"

哈罗德挪开视线，埃缇卡也顺着看了过去。抱着弦乐器三角琴和大鼓的乐手们正在舞台上进行着准备工作，顾客们暂停用餐，纷纷围了上去。比嘉也站在人群中，拼命踮起脚，打探着舞台上的情况。

"萨米族的人会唱祖伊克①对吧？难怪她会对俄罗斯民谣感兴趣。"

过了一会儿，演奏开始。和着轻快的旋律，乐手开始放声高歌。歌曲明明很欢快，不知为何，总觉得当中夹杂着一丝忧愁。埃缇卡昏昏沉沉地望着天花板。水晶吊灯被涂成了红色，天花板上点缀着无数花朵图案，如同点点繁星。

今天真是荒唐的一天。

"辅助官，你玩过头了。"埃缇卡瞪了哈罗德一眼，"这顿晚餐不能走公账。"

"我知道啊，无所谓。"

"可你没有薪水吧？"

"我还有点能自由分配的钱，还好。"

哈罗德若无其事地说完，拿刀切开盘子里的食物。原来如此，为避免他作为搜查官过得太拮据，分局给了他一笔零花钱。这倒没什么，问题不在钱上。顺带一提，他的餐桌礼仪高雅到令埃缇卡感到不适，不过这个也姑且不提。

---

① 祖伊克是萨米族吟唱的一种圣歌。——译者注

埃缇卡确认比嘉暂时不会回到座位后,压低声音说道:"比嘉现在是民间协助者,彼此之间建立信任关系确实很重要。可你们有必要这么亲密吗?因为我们害李受了伤,让你有罪恶感吗?"

"你不吃吗?会凉掉哦。"

这家伙总是这样。埃缇卡继续瞪着他,将刀叉拿到手里。也不是不能吃,不过比起这种麻烦的食物,她宁愿选择吃果冻。

"你该不会……是在玩弄比嘉的感情吧?"

"我那么做有什么好处?"

"这个嘛……"应该不至于吧,可是……"比如以观察喜欢上自己的女人为乐之类的。"

"你曾经遇到过很讨厌的男人吧?或者是父亲采取高压式教育?"

"啊,刚刚是我乱猜的,我就随便说说。"这家伙不能把自己的千里眼收一收吗?"我知道,你们只是尽量表现得像人类,但其实并没有恋爱的情感,说到底……"

"二十八对。"

"欸?"

"俄罗斯去年确认关系的人类与阿米克斯的情侣对数。你对阿米克斯毫不关心,所以我猜你应该不知道。"

"退一百步讲,就算人类会爱上阿米克斯,你们也不会爱上人类。"

"这可不好说。"哈罗德歪头的动作里隐约带着一丝挑衅的意味,"虽然感官跟人类稍有不同,但我们也能谈恋爱。因为我们和你们一样,拥有丰富的情感。"

"不,那不是情感,是为了理解人类而植入的情感引擎。"

"在这个前提下,我要重申一遍。"哈罗德无视埃缇卡的观点,"我并没有玩弄比嘉的感情,我对她好,是因为有必要。我说过这是工作,对吧?"

"那你详细说说,为什么有必要?"

"抱歉,现在还不是时候。不过,这一定会发挥作用的。"

他似乎又有了什么新计划,但并不打算透露。竟然如此明目张胆地拖别人下水。老实说,他这种利用人心的手段让埃缇卡很是不爽。不过,相比利用人心,埃缇卡更是数次烧断搭档的脑神经。对此,她也没资格说什么。

"至少应该让她知道你是阿米克斯吧?"

"不,还不能告诉她。"

"你到底在想什么?"

"当然是在想怎么查案。"

埃缇卡没办法相信,也完全不懂他的用意。更何况,比嘉与知觉犯罪完全无关。埃缇卡烦躁地切了一口肉,塞进嘴里。哈罗德难得地安静了下来,唯有俄罗斯民谣的旋律不断落到餐桌上,随即轻轻滑落。

过了一会儿,比嘉回来了。

等几人用完餐离开店里的时候,已经过了晚上八点。夜晚刺骨的寒气令埃缇卡下意识地缩起了脖子。哈罗德边用电子装置呼叫附近的出租车,边走向主道确认状况。

结果,整个休息日泡汤了。

为了消除脑中的疙瘩,埃缇卡用冻僵的手拿出电子烟。

"希尔达小姐。"

突然,旁边的比嘉朝她搭起话来。埃缇卡吓了一跳,还以为比嘉打算全程把她当空气呢。毕竟她已经习惯了旁人的冷眼相对,早就忘记了被比嘉忽视这件事了。

"那个……"比嘉用纯真的眼神看着她,舔了舔嘴唇,"有件事情我一直想问你……你在李失去意识的时候,强行连接了她的YOUR FORMA对吧?"

埃缇卡突然心头一紧。

"你想问什么?"

"医院的医生调查过李的YOUR FORMA连线记录,跟我提了这件事。"

所以,比嘉并不是因为埃缇卡在问话时毫无分寸,而是为李的事情感到气愤吗?

"抱歉,那是搜查的一环。"埃缇卡用标准答案回应道,"电索

第二章 散落的糖果 129

确实最好要得到本人的允许，但当时那种情况并不违法。"

"我知道。可是，我要说的不是这个。"

也是，埃缇卡能够理解她的心情。

"我当时没有其他选择，请你理解。"

"我可以理解，但还是觉得很过分。要是她有个什么意外……"比嘉的眼神十分委屈，仿佛随时要哭出来，"你真不是人。"

她带着淡淡的吐息，愤恨地咒骂了一句。

埃缇卡没有说话。她明知会是这种结果，却还是做出了那样的选择。

——你为什么要把自己伪装成一个冷酷无情的人呢？

啊，真是的，吵死了。

过了一会儿，一辆出租车停在了哈罗德前面。比嘉没有多说什么，径直朝他走去。她与哈罗德握手道别后，上了出租车。车子很快启动，化作无数车灯中的一盏，逐渐消失在视野中。

埃缇卡收起来不及点燃的烟，吸了一大口冰冷刺骨的夜风，内心稍微冷静了一些。

该回去了。

她刚迈出脚步，便听到身后传来一阵脚步声。还没等她扭头，哈罗德已经站在了她身旁。埃缇卡下意识地不去看他，将双手插进大衣口袋。

"电索官，今天非常感谢你，我送你回宿舍吧。"

"不用了。"她只想一个人静静。

"比嘉好像会在市里的酒店住几天,她说是莫斯科夫斯基地区的'乐园'酒店五〇五号房间。"

"知道了。要是上级对她提供的情报有什么指示,我会联系那里的。"

"其实我还有事情想和你谈谈。"

"抱歉,不急的话,明天再说吧。"

"比嘉对你说了什么难听的话吧?别闹别扭了好不好?"

埃缇卡下意识地停下了脚步,哈罗德也跟着止步。比嘉刚才说的不是什么难听的话,她说的是事实。她会那么做也很正常。

"不要暗中观察同事。"

"抱歉啊,我本来不想说的,可我又想留住你。"

哈罗德的表情十分平静,但埃缇卡还是发现了。他生气了。不,埃缇卡也不确定他是不是真的生气,他的表情跟往常一样,但埃缇卡隐约能感觉出来。

她突然觉得心里很乱。

"电索官。"

"什么事?"

"请不要擅自认定我们的情感是程序使然。"

哈罗德依然面带微笑,但语气十分坚决。埃缇卡想起之前的对话,顿时感到喉咙一阵紧缩。原来他生气的原因是自己否定了阿米克斯的情感吗？所以他刚刚才一直没说话。

"我知道你对阿米克斯有偏见，但我无法接受你这种武断的发言。请你收回。"

"我拒绝。"埃缇卡近乎条件反射地表示拒绝，"我不过是实话实说而已。泛用人工智能的思考过程与人类的大脑不同，即便你们有心，那也是程序使然。"

"那人类的心就不是程序使然吗？你们的喜怒哀乐说到底不过是电流传递的信号，跟我们的情感又有何不同？"

"不同，完全不同。你们的情感是另一种存在，本质上更加虚无。"

在各种因素的累加下，埃缇卡逐渐变得情绪化起来。倾吐的话语无力地落在脚边，逐渐消散在了街上的喧嚣中。

埃缇卡知道，这些话不该说出口。

哈罗德稍稍眯细双眼："你真的那么认为吗？"

"没错……我就是这么认为的。"

"你右脚的脚跟离地了，看来你很想逃离。"

确实如他所言，埃缇卡的脚跟离地了，连她自己也丝毫未察觉。为避免进一步被看穿，埃缇卡抬眼瞪着他。不知为何，双腿忍不住想发抖。

父亲会喜欢澄香，是因为她是擅长潜入人心的阿米克斯，但在埃缇卡看来，阿米克斯的一切都是程序使然，他们跟人类是截然不同的存在。

因为，如果澄香跟自己是完全对等的存在……

那为何只有我得不到父亲的爱？

"像这样……"埃缇卡的嘴唇不住颤抖，"像这样蔑视人类，很有趣吗？"

"你也很看不起阿米克斯。"

"二话不说，拖着别人逛一整天，你还好意思说这种话。"

"关于这件事，我向你道歉。但我知道你为什么突然情绪变得这么激动。"

"够了！你怎么可能知道？"

"不，我知道。因为如果承认阿米克斯的情感与人类是对等的存在，那就无法解释自己为什么得不到父亲的……"

路面电车从积雪上驶过。埃缇卡突然伸手想推开哈罗德……但没有推到。他牢牢抓住埃缇卡伸出的手，制止了她的行为，仿佛早就预料到她会这么做一般。

埃缇卡低下头，后背一阵滚烫。

他是什么时候知道的？为什么？我明明什么都没说。开什么玩笑！

呼吸变得困难。路边的灯光将他那双皮鞋的鞋尖照得油光发亮。

被他看穿了吗？如果是，那到底被看穿了多少？难道全都被看穿了？

开什么玩笑！

"电索官？"哈罗德的语气里充满了疑惑，"你怎么了？"

她本想故作镇定地回应，可喉咙依然哽咽着，怎么也不听使唤。

"你在发抖。"

哈罗德低声说完，小心翼翼地放开了她的手。埃缇卡抬起头，发现哈罗德的脸上没了笑意，眼睛瞪得浑圆，像个意识到自己做错事的孩子一般。

"别看我。"埃缇卡慌忙擦了擦满是泪水的脸颊，她讨厌这样幼稚的自己，"我先回去了。"

"等一下。"

哈罗德想伸手抓住埃缇卡的肩膀，但被她用力甩开。她很想冲他大骂一顿，但她也很清楚，自己没资格那么做。他们都踏进了对方不容触碰的领域，并因此产生了冲突。没必要再多说什么了。

"抱歉。"哈罗德罕见地露出了慌乱的神色，"那个，我没想到你被伤得这么深……"

"别说了。"埃缇卡很想保持冷静，可呼吸依然紊乱，"我收回我的不当言论，是我不对。所以，不要再拿来对比了。我不知道你看穿了多少，但还请以后别再提了。"

"对不起。"哈罗德再次道了声歉，紧咬着下嘴唇，"我只是……"

可任凭他怎么思索，也找不到合适的话语。

偶尔有来往的行人小心地绕过两人，从附近穿过。埃缇卡用力擦了擦快要结冰的脸颊,缓缓吐了口沉重的气息。快冷静点!这样太丢人了!不过是不想被触及的事情被人提起,有必要这么狼狈吗?

埃缇卡强迫自己迈开步伐,慌忙从哈罗德的眼皮底下走开,但很快她又停下了脚步。

十时科长通过YOUR FORMA发来了通话。兴许是考虑到时间太晚,她没开全息投影,而是打的语音电话。幸好,她可不希望现在的样子被任何人看到,哪怕是全息影像也不行。

埃缇卡吸了吸鼻子,努力调整好心情。

"喂?"

"我有个好消息。"

听到十时凛然的声音,埃缇卡稍稍安下心来。

"我调查了一下索克。"

索克——对利格西提的员工进行电索时看到的那名俄裔男子的模样浮现至脑中。

"他的行动记录里存在一些疑点,于是我把资料分享给了犯罪记录科,结果发现……"十时顿了顿,"克里夫·索克是化名,这个男人其实是国际通缉犯。"

"欸?"

"我现在把详细资料传过去。"

没等埃缇卡反应过来,十时传来的个人资料已经在她眼前展开。

索克的大头照映入眼帘。她浏览了一遍个人资料——姓名,马卡尔·马可维奇·乌里茨基。出生于莫斯科，三十八岁。职业，自由程序员……因涉嫌制造、贩卖电子毒品，被列为国际通缉犯。"

"既然他能制造电子毒品，那电脑病毒肯定也不在话下。而且，他和所有感染源都有过接触，又在知觉犯罪发生的一个月前离开了利格西提。然后就在昨天，不知为何，他又去了一趟利格西提，好像知道我们去调查过一样。"十时用稍快的语速滔滔不绝地说，"这点太可疑了，你可能要立功了。"

埃缇卡仍然一头雾水。索克的确让她很在意，但她从没怀疑过他跟知觉犯罪存在关联，顶多只是觉得这个人不太对劲。没想到……

"把情报分享给路克拉夫特辅助官吧。"

"好。"泪水逐渐风干，"马上分享。"

"那么，希尔达电索官，我们明天在圣彼得堡直接见面吧。"

第三章 记忆、机忆及其桎梏

YOUR FORMA

1

"十时科长,你认为索克……不对,乌里茨基就是知觉犯罪的嫌疑人吗?"

"不是的话,我又何必千里迢迢从里昂飞过来。"

圣彼得堡分局的会议室里充斥着无声的紧张感。十时科长正站在固定于墙上的软性屏幕前。以分局长为首,现场坐着众多情报局成员以及电子毒品搜查课的搜查官们,所有人都面色凝重。

"我们已经查到了乌里茨基的下落。"

十时科长在屏幕上的市内地图上做了个标记。

"他目前住在斯拉维大道四十五号的公寓内,房号是二十号。据情报员调查,他从上个月离开利格西提后,便开始使用化名入住。最近以这里为据点,暗中开展电子毒品交易……"

乌里茨基其实是与俄罗斯黑手党关系密切的电子毒品制造者。到上个月为止的半年时间内,他以俄裔美国人克里夫·索克的身份潜入了利格西提。动机尚且不明,但肯定和电子毒品有关。但不知是幸运还是不幸,乌里茨基现在就在圣彼得堡。

情报局成员开始发言:"国际刑事警察组织情报局很早就派出过民间协助者与乌里茨基接触。为了查明黑手党的毒品交易途径,我们打算放长线钓大鱼。但是……"

"由于病毒在各国迅速蔓延,我们一致决定优先解决知觉犯罪。"十时说,"逮捕令也下来了,所以我们的当务之急是抓住乌里茨基。"

"那家伙现在在哪儿?"

"今早回到了他居住的公寓,之后没有外出。"

"准备实施抓捕。"

"封锁周边区域。"

参会人员匆忙离开了会议室。

看来这场会算开完了。在乌里茨基被带来分局之前,电索官暂时是没有出场的机会了。埃缇卡站了起来。

"希尔达电索官,"哈罗德坐在位置上抬头看着她,"在责任搜查官把物证收走之前,要不先去乌里茨基的房间看看?"

这个建议十分中肯。电索再方便,也会遇到故意抹除机忆之类的棘手情况。查看现场,了解当事人的情况,是十分重要的一环。

"知道了。保险起见,先去征得十时科长的许可吧。"埃缇卡说完,拿起挂在椅背上的外套,"我先去入口大厅等你。"

就这样,她转身离开了会议室。刚来到走廊上,她便肩膀一垮,整个人仿佛都虚脱了。太好了,还能像平常一样面对他。从今早碰面到现在，双方都没有提及昨天晚上的事情。为避免影响到工作，埃缇卡故意装作什么都没发生过的样子，所幸哈罗德也一样。

最好这件事就此翻篇。

埃缇卡来到入口大厅，看到一个面熟的德国人坐在沙发上。她心头一惊，是她的前搭档班诺·克雷曼，没想到他也来了，这段时间完全没听说他出院的消息。班诺也注意到了她，脸上毫不掩饰地露出了不耐烦的表情。

"还不是因为某人，害我到现在都还没恢复。科长说与其成天趴在办公桌前，不如来帮忙，于是把我带过来了。"

"这样啊。"埃缇卡一时间不知道该说些什么，"那个……保重。"

"喂。"班诺咂了咂舌，"你还有其他话要对我说吧？"

埃缇卡知道，她这时候应该道歉。可道歉能解决问题吗？她害班诺受伤是无法改变的事实，道歉顶多只能换来片刻的心理安慰。

"对了，听说你的新搭档是阿米克斯啊。"

班诺的嘴角露出一丝讥讽的笑容。

"我听科长说了，你还是去祸害阿米克斯吧，机器人就应该跟机器人在一起。"

——你要扮演的角色是什么？是爸爸的机器人。

"希尔达电索官。"

听到有人叫自己名字，埃缇卡扭头望去……是哈罗德。他也来到了入口大厅，一脸欣喜地朝埃缇卡走来。他晃了晃拉达红星的老旧钥匙。

"得到十时科长的许可了，走吧，看他们是如何破门抓人的。"

"啊，好……"

埃缇卡点点头，同时朝班诺瞟了一眼，他正用狐疑的眼神盯着哈罗德。见埃缇卡一脸困惑的样子，哈罗德只是面带微笑地歪了歪头。太好了，他好像没听到刚才的对话。

"好，知道了，那我们马上出发。"

埃缇卡调整好心情，刚准备迈开步伐……

"啊，对了，你是克雷曼辅助官对吧？"

哈罗德突然叫出了班诺的名字，把埃缇卡吓了一跳。阿米克斯没有阅览个人资料的权限，他是如何知道对方名字的？

"啊？"班诺对此也十分震惊，"你是如何、在哪儿听到我名字的……"

"我在会议室里听十时科长说的，很荣幸见到你。"

哈罗德大方地走向班诺，班诺则条件反射地站了起来。他一把抓起班诺的手，紧紧握住，班诺当场呆住。当然，埃缇卡也是一头雾水。

那家伙到底在想什么啊？

"还没自我介绍，我是分局的路克拉夫特辅助官，虽然不是正式头衔。"

第三章 记忆、机忆及其桎梏

"别随随便便碰我！"班诺厌恶地甩开哈罗德的手，"你是阿米克斯吧？"

"没错，我是希尔达电索官的新搭档。"哈罗德看了埃缇卡一眼，随即对班诺笑了笑，"你昨晚跟未婚妻吵架了吧？因为你本来约好跟她一起跨年，却在除夕夜被派来了圣彼得堡。"

埃缇卡顿时感到头晕目眩。等一下。

"啊？"班诺也十分不解，"你突然说些什么呢……"

"她很生气吧。不过，如果你能改改这固执的毛病，应该还是能和好的，戒指最好先别丢哦。"

"喂，什么情况？你是怎么知道这些的？难不成你看见了？"

"我视力再好，也没办法从俄罗斯看到法国。"

"我想也是，那是谁告诉你的？"

"没有任何人告诉我。我和你算是第一次见面，名字也是不久前才知道的。"

"嗯。"班诺直直地盯着哈罗德，"所以……你有话想对我说吗？"

哈罗德似乎就在等这句话。他带着意味深长的笑容，凑到班诺耳边低语起来。他的声音不大，但埃缇卡全都听到了。

"我知道你的秘密，所以今后请你不要侮辱我的搭档。"

喂，开什么玩笑。

"你到底想做什么？"

乌里茨基居住的公寓是一栋六层式建筑，里面飘散着一股霉臭味，让人不禁联想起过去的集体住宅。警车停成一整排，电子毒品搜查科的搜查官们陆续走进公寓。被阿米克斯警卫拦住，禁止通行的路人不安地面面相觑。埃缇卡和哈罗德将车停在路边，透过车窗观望起这场规模宏大的抓捕行动。

"你刚刚为什么问我那种问题？"驾驶席上的哈罗德神色淡然地歪着头说，"搭档遭人辱骂，我当然应该出面袒护。"

"不用你多管闲事。"埃缇卡咬牙切齿地说，"班诺讨厌我是有原因的，而且那件事本就是因我而起，结果你突然插入，让事情变得更复杂了。"

"我不知道有这回事，抱歉。"

"你并不是真心想道歉吧。还有，班诺没有订婚，不过他确实有个女朋友。"

"他只是订了婚没告诉你吧，你看他左手的无名指上有戒指的痕迹。"

"啊，确实。"他观察得也太仔细了吧，真是可怕，"对了，班诺的秘密是什么？"

"每个人都有一两件不想被人知道的事情。"

"说白了，你是靠虚张声势在威胁他？"

第三章 记忆、机忆及其桎梏　　143

埃缇卡顿时感到一阵头疼。哈罗德会做出如此怪异的举动，绝对是因为昨天晚上的争执。他可能是想用自己的方式缓和关系，但说实话，还不如当作什么都没发生来得轻松。

"听好了，我的人际关系我自己会处理好，今后你不许插嘴。"

"明白了，但其实你还是有点高兴的对吧？"

"你是在讲笑话吗？"

哈罗德动作浮夸地眨了眨眼。真是的，一点反省的意思都没有。为了驱散内心的不快，埃缇卡打开车窗，叼起电子烟。

——所以今后请你不要侮辱我的搭档。

她下意识地用力咬住电子烟。长这么大，还是第一次有人出面袒护自己，虽然那不过是虚假的关心，可那又怎样，他是阿米克斯，那些话不过是程序使然，最重要的是，她害前几任辅助官脑神经被烧断也是不争的事实。

过了一会儿，乌里茨基被抓出来，并被塞进了警车。埃缇卡和哈罗德连忙下车，按照计划前往公寓。

两人来到二楼，发现乌里茨基的房间前站着分局的阿米克斯警卫。

"请勿入内。等负责的搜查官到达，就要派分析蚁进入现场。"

"我们已经获得了许可。"

埃缇卡将自己的ID卡递到他面前。阿米克斯明白了两人的来意，只好乖乖闭嘴。

乌里茨基的房间布局是出租公寓十分常见的两室一厅。两人先前往厨房，里面杂乱不堪。桌上散落着已经开封的速食食品容器，满是污渍的地板上堆满了空啤酒罐。水槽布满锈迹，里面塞满了未洗的盘子和腐烂的蔬菜渣。真是糟糕透了。中央空调的暖气令室内十分温暖，食物腐败的速度也变得更快，没有成堆的蚊虫出没已经算幸运了。

"每次看到这种房间，我都无比惊讶，这要多邋遢才能乱成这个样子。"

"可能是出于某种才能，或是因为精神状态不稳定吧？"

"乌里茨基自己也会用毒品？"

"不好说，得再检查一下才知道。"

当埃缇卡还在门口犹豫的时候，哈罗德已经开始仔细检查起房间的每个角落。他打开冰箱和橱柜，看了看空罐上的标签，又闻了闻水槽的气味，接着伸手摸了摸桌板底部，拿起窗边的观叶植物盆栽，观察了一会儿后又放回原位。这种时候，阿米克斯没有指纹的手真是方便。

"我猜，他应该没有使用毒品，不过他好像心理压力很大。"哈罗德拍了拍双手上的灰尘，"这些空啤酒罐上的制造日期全都一样。也就是说，这是他一次性采购来的。然后根据残留的味道来判断，他应该是在一天内喝光的。"

"乌里茨基的个人资料里没有提示他有酒精成瘾倾向。"

"可能是近来烦心事变多了吧。"哈罗德缓缓扫视四周,"还有,存放在冰箱里的生鲜食品还很新。从房间的情况来看,他应该不会做饭。乌里茨基好像还是单身,他有女朋友吗?"

"从情报局提供的消息来看,他应该没有女朋友,顶多偶尔花钱找女人……"

"妓女不可能会为他做饭。"哈罗德思索了一会儿,决定先不忙着下结论,"去卧室看看吧。"

卧室的脏乱丝毫不输厨房,床上放着一条皱巴巴的毛毯,书桌和地板上堆满了衣物和垃圾。衣橱上布满划痕,窗户前挂着一块简陋的窗帘。最引人注目的是天花板上垂下的大量卡片。上面印满了密密麻麻的二维码,像是在施行某种黑魔术。

"用电子毒品当装饰,还真是新奇啊。"哈罗德碰了碰垂下的卡片,"电索官,千万别直视这些卡片,会不小心读取到。"

"放心吧。以我的身高,根本碰不到,也看不清楚。"

电子毒品是非扩散型电脑病毒的一种,通常利用这种二维码进行交易。读取二维码,故意让YOUR FORMA感染病毒,享受因此带来的兴奋感与解放感。病毒会在一定时间后自我毁灭,上瘾的人会不断付钱给毒贩,购买新的二维码。在大部分国家,制造电子毒品属于违法行为。

"如果乌里茨基就是嫌疑人,那他是什么时候、用什么方式将病毒植入感染源的?从李等人的机忆可以看出,感染途径不是他最擅长

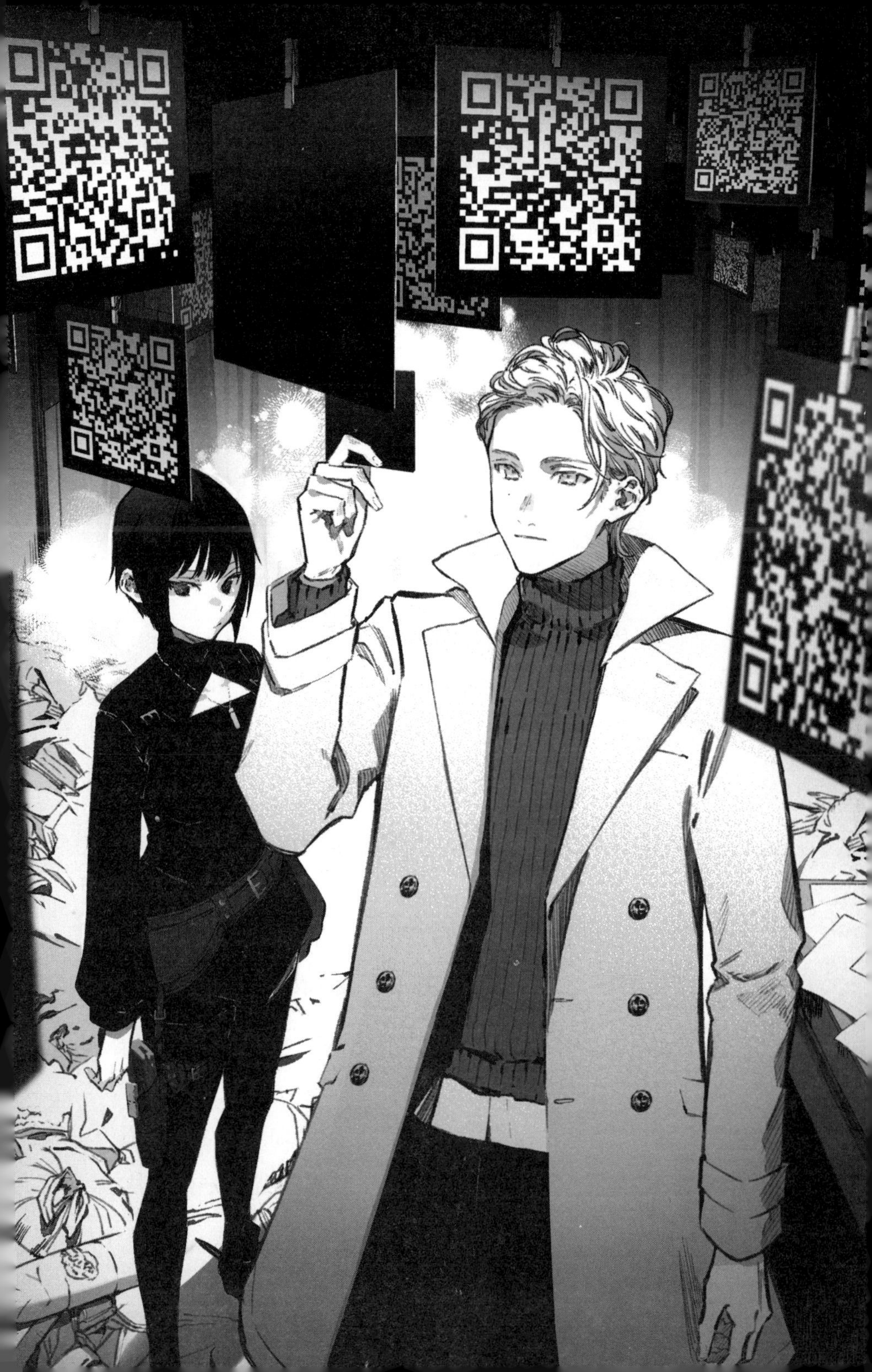

的电子毒品。"

"参访活动期间，他也没有可疑的举动。考虑到病毒存在潜伏期，可能不是参访活动的时候植入的。由此推断，应该是在案发前不久，通过某种连感染源本身都未能察觉的方式植入的病毒，这样想才比较自然。"

"如果真存在这种方法，我能想到的只有非法侵入感染源的YOUR FORMA。可是，我没有在他们身上发现任何入侵的痕迹。简直就跟变魔术一样。"

"任何魔术都有机关，所幸我们能窥视他的大脑。"

"万一乌里茨基想办法抹除了机忆怎么办？"

"这个潘多拉的盒子或许能派上用场。"哈罗德不知何时打开了书桌，取出一台笔记本电脑，"他应该是在用这个制造病毒吧。既然如此，里面可能记录了将病毒植入感染源的方法。"

"会有那么顺利吗？不过，即使都行不通，也有其他办法让他招供……"

突然，耳边传来某物被踢开的声音。

怎么回事？埃缇卡惊讶地扭头一看，发现衣橱敞开着，一个人影刚好从里面滚了出来。是个穿着单薄连衣裙的年轻女人，苍白的脸上带着阴森的表情，消瘦的手上紧握着一把鞘刀。

"滚出去！浑蛋……"

没等埃缇卡确认个人资料，女人快步逼近。埃缇卡立刻将手伸向腿上的配枪……不行，来不及！

"希尔达电索官！"

突然有人从旁边将她撞飞。埃缇卡瞬间失去平衡，倒在了地板上。扬起的灰尘害她剧烈咳嗽起来……她慌忙抬头，眼前的一幕顿时令她屏住了呼吸。

哈罗德从正面挡住了那个女人。他抓住女人的肩膀，试图小心地与她拉开距离。但女人精神错乱似的剧烈挣扎起来，她猛地推开哈罗德，自己反倒没站稳，一头撞到了墙上。伴随一阵沉闷的声响，女人虚脱地倒在了地上，整个房间顿时安静下来。

刚刚太危险了，怎么会这样？竟然有个人藏在里面。难道是搜查官们没注意到？埃缇卡的大脑一片混乱。不对，这些后面再说。

"你没事吧，电索官？"

哈罗德若无其事地站在那里，那把刀深深地刺入了他的腹部。应该是刚才挡住那个女人的时候插进去的吧。即使对方拿着武器发起进攻，阿米克斯也无法攻击人类。发现埃缇卡盯着他的腹部，他"哦"了一声，伸手摸了摸刀柄。

"还是先不拔出来吧。循环液喷出来的话，会弄脏房间，回头会被责任搜查官骂的。"

"不是。"问题不是那个，"你为什么……要保护我？"

"因为我们坏多少次都可以修好啊。"

"别开玩笑了。"

"放心。刀刺得不深，漏液速度也很慢，而且我已经关闭了痛觉，这点伤对我来说不痛不痒。先别管我了，有没有查到她的个人资料？"

怎么可能，这家伙是认真的吗？先前还说阿米克斯有情感，这会儿被人捅了一刀却一副若无其事的样子，太矛盾了吧……埃缇卡一脸茫然。在哈罗德的催促下，她上前看了看女人的脸，但显示出的资料跟电子毒品毫无关联。

"资料显示没有固定职业。可能是乌里茨基找来的妓女。"

"嗯，而且还和雇主起了争执。"哈罗德将头探进衣柜说，"她的鞋子和衣服藏在了这里，可能是乌里茨基让她躲在里面的吧。"

"总之……"埃缇卡还是有些担心，"我帮她叫救护车，你联系修理工厂，然后打车去把受损的部位修好，立刻、马上过去。"

"别担心，等调查完了再去也行。"

"说什么傻话。"

他的神经是不是有问题？身上都插着一把刀子了。

"你这个样子没办法进行电索吧？快点去修理。"

"我没事，没什么影响。不过……"他拢了拢外套，用衣服挡住插在身上的短刀，"要是有其他人跟你一样担心过度可就不好了，所以在乌里茨基的案子调查结束之前，这件事暂时帮我保密，好吗？"

"好什么好！我才没有担心过度。"

"求你了。"哈罗德用手轻轻触碰了埃缇卡的手臂，"就像你能处理好自己的人际关系一样，我也能精准把控自己的身体状况，绝对没问题的。"

"这两者有什么可比之处吗？没必要对工作这么拼命吧。"

"你要叫救护车对吧？我跟外面的阿米克斯说一声。"

哈罗德没有理会埃缇卡的劝阻，快步离开了卧室，留她一人呆呆地站在原地。埃缇卡不清楚阿米克斯的身体究竟有多结实，但既然他都那么说了，应该没事吧。虽然没有确切的证据，她也只能这么说服自己。而且，自尊心不允许她下意识地去担心一个阿米克斯……不，自己才没有担心他，只是被这种场面吓到了而已。他保护了讨厌阿米克斯的自己，即使是敬爱规约程序使然，埃缇卡还是压抑不住内心涌起的苦涩。

不管怎样，得先叫救护车过来，毕竟，人类比他更重要，对吧。

2

"不知道，我也是被拖下水的。"

隔着审讯室冰冷的办公桌，乌里茨基和班诺相对而坐。乌里茨基将被铐住的手放在桌上，全程毫不客气地瞪着班诺。

"先想想自己犯过的罪再辩解吧。"班诺列举起了对方的罪行，"制造、买卖电子毒品，伪造身份，盗窃公司机密，与黑手党有金钱交易……再天真的小孩都不可能相信你说的鬼话。"

"我是被拖下水的,我是被威胁的。"乌里茨基重复道,"我的电脑在办公桌里,你们尽管调查,查完就知道怎么回事了。我什么也……"

"那玩意儿早就交给技术支援小组了。"班诺冷淡地说,"听说安全防护做得十分牢固,要解开不是件容易事。可否告诉我们如何解除?"

"不清楚,无可奉告。"

"如果你现在坦白,我们可以考虑减轻你绑架妓女的罪。"

"什么?"乌里茨基顿时脸色大变,"可恶,我明明叫她藏好的……"

"据说她精神错乱,攻击了我们的搜查官,现在在医院接受治疗,体内也验出了电子毒品。你为什么要绑架她?"

"我没绑架玛尼亚,是她自己逃到我这里来的……"

"算了,那你昨天为什么要前往已经离职的利格西提?"

"我不知道你们在怀疑什么,我只是因为之前负责的项目临时被叫过去而已。"

埃缇卡隔着双面镜注视着审讯室的情况,同时按摩起脖颈。乌里茨基否认参与知觉犯罪,企图用粗暴的态度蒙混过关。老实说,埃缇卡也不确定他是否就是此次事件的嫌疑人。

"怎么办,十时科长?按照他说的,先调查电脑吗?"

"看样子需要很长时间。"一旁的十时无奈地用鼻子呼了口气,

"技术小组试着连接了储存装置,但文件全都经过了加密,完全打不开。无法强制解除,即便想解开,也得先破解复杂的密码表才行。"

这是什么情况?

"是乌里茨基自己设计的加密程序吗?"

"没错,还特意防着解码AI。他不可能不知道,可能就是觉得捉弄我们很有趣吧。"

"擅自下定论很危险。"身后的哈罗德接过话,"我倒觉得他不像是在说谎。"

哈罗德的状况还算平稳。他一直穿着大衣,为避免被发现异样,刻意双手抱胸,目前没有人发现他身上插着一把刀。不过,埃缇卡一直很在意,倒不是担心他的安危,只是害怕他的状态会对电索产生影响。

他是阿米克斯,只要更换零件就能立刻恢复,没理由为他担心。埃缇卡在心中如此默念。

"可我觉得,他怎么看都像是在撒谎。"

十时说着,突然看向半空。这是YOUR FORMA收到信息时的反应。

"来得正好,电索的执行令下来了。希尔达,去连接乌里茨基。"

埃缇卡点点头。至于他们谁的观点才是正确的,电索后便一目了然,当然,就像先前说过的,前提是乌里茨基没有抹除机忆。

"走吧,路克拉夫特辅助官。"

第三章 记忆、机忆及其桎梏 153

埃缇卡和哈罗德走进审讯室，班诺很快明白了什么意思，立刻离开座位，从两人身边经过，走出了房间。

乌里茨基看到他们，吓得瞪大了眼睛。

"你该不会……"

"执行令下来了。"埃缇卡说，"我们要调查你的YOUR FORMA。站起来吧。"

乌里茨基气得咬牙切齿，不情不愿地站了起来。哈罗德立刻抓住他的手臂，将他带到审讯室角落处的简易床旁，让他趴上去，并用力压住他。埃缇卡二话不说为他注射了准备好的镇静剂。确认乌里茨基放松下来后，他们插好接线，建立三角连线。

"辅助官，有什么问题吗？"

"没有……怎么了？"

"欸？"埃缇卡这才意识到自己把脸凑了过去，"没什么。"

"平时也可以靠这么近，不用在意哦。"

"别动不动开这种玩笑。"

哈罗德看起来并无异样，就是不知道他能坚持到什么程度，可埃缇卡又不能接受伤的事情，毕竟十时和班诺正隔着双面镜关注着审讯室里的动向。

只能硬着头皮开始了。即便出现意外，导致哈罗德的脑神经被烧断，她也无所谓，反正也不是第一次了……话说回来，为什么要这样说服自己？真是愚蠢。埃缇卡深吸了一口气，灌了铅似的沉重空气瞬间涌入胸腔。

专心电索吧。

"开始吧。"

话音刚落,她便进入了熟悉的电子世界,并逐渐沉入表层机忆……清晨时分的机忆映入眼帘。乌里茨基走上昏暗的公寓阶梯,刚进入家中,妓女便迎了上来。他对她抱有某种炽热的情感。难道两人之间不是交易关系,而是彼此相爱?不对,重点不是这个,这次要查的是知觉犯罪,要弄清楚他是如何将病毒植入感染源的。先从昨天造访利格西提的机忆开始吧。

"不!绝对不给!"

脑中突然回响起一阵清晰的说话声。不是乌里茨基,而是埃缇卡自己幼年时期的声音——逆流。又来了,碰到了不该碰的地方。

必须得回去。

回不去了。

等回过神来,已经来到了那天。

"埃缇卡,"父亲用冰冷的眼神俯视着埃缇卡,"计划中止了,其他人都出现了身体不适。"

"我不明白,身体不适是什么意思?我明明没事呀!"

"道别吧,埃缇卡。"

父亲用那双宽厚的大手抓着埃缇卡的肩膀,她很想挣脱,可怎么也逃不掉。手指触碰到她的后颈……好可怕!不要这样!住手!快

第三章 记忆、机忆及其桎梏

记忆缝线 1

住手！

"不要杀她。"埃缇卡哀号着，泪水夺眶而出，濡湿了脸颊，"求你们不要杀她！"

冷静点，那只是过去的机忆碎片，现在要看的不是这些……父亲的身影逐渐远去。很好，坚持住，回到乌里茨基那边。可不管埃缇卡怎么挣扎，都无法摆脱逆流，最终都会被吸过去。

"埃缇卡，你在做什么？"

姐姐担忧地看着这边。埃缇卡正在翻找父亲的办公桌。过了一会儿，她终于找到了想找的东西。父亲有许多精致的半透明储存媒体，看起来跟小指的指甲盖差不多大。冰晶般的装置在窗边月光的照射下熠熠生辉。

偷一个而已，肯定发现不了。

"我要和姐姐永远在一起。"

听到这句话后，姐姐说了什么来着？

"埃缇卡，听好了。我……"

声音突然中断。

光线迅速收回到眼中，身体恢复了重力，埃缇卡被拉回到了审讯室。她伸手摸了摸后颈，安全绳脱落了。思维变得十分迟钝，父亲和姐姐的声音还在脑中回响。

脱落的是安全绳，而不是探索线？

埃缇卡这才发现，自己并不是被抽离出来的。

她顿时清醒过来。

眼前的视野逐渐变得清晰，映入眼帘的是哈罗德缓缓倒下的身影。

骗人。

他的身体重重地摔在坚硬的地板上，如同一只失控的木偶。他浑身瘫软下来，躺在地上一动不动，如同一件毫无生气的物体。没错，阿米克斯就是物体。她很清楚，但不知为何，她的后背袭起一阵恶寒。

埃缇卡快步走向哈罗德。他的眼睛微睁着，但已经没有了呼吸。不对，阿米克斯的呼吸本就是模拟动作。大衣的前襟敞开着，插在腹部的短刀露了出来，毛衣上有一大块黑色印记，是循环液的颜色，也就相当于人类的血液。他竟然说刺得不深，简直是弥天大谎。为什么要这样逞强？为什么要相信他说的话？

有人打开了审讯室的门。不知是十时还是班诺，也可能两个人都进来了。耳边响起某人的叫喊声，声音很模糊，听不真切。

哈罗德的脸白得像陶瓷。

"路克拉夫特辅助官。"

自己的声音变得十分遥远。

"你振作点……"

埃缇卡跪在地上，摇晃着他的身体，但他没有任何反应。口中一阵干渴，是因为自己？还是因为那把刀？到底是哪个？如果只是因为那道伤口，身体再怎样都有办法修好。可如果是精密的脑神经被烧

第三章　记忆、机忆及其桎梏

断……算了，没什么大不了的，对吧？这已经是司空见惯的事情，这么想就没事了。

没什么大不了的。

"快醒醒，路克拉夫特辅助官。"

明明没什么大不了的。

"喂，辅助官……哈罗德！"

快说没什么大不了啊！

"希尔达！"

埃缇卡回过神来，发现十时正低头瞪着自己。班诺也在，他正哑然失色地望着哈罗德。埃缇卡艰难地吸了口气。不对，好像是吐气，具体是怎样已经分不清了。

"为什么没有第一时间报告！万一出点什么意外，可能会造成无法挽回的后果！"

"抱歉。"埃缇卡条件反射地道起歉来，"对不起，都怪我……"

"不是吧……"班诺轻声嘀咕道，"这家伙一直带着刀伤四处活动吗？"

"送他去修理工厂，刻不容缓！班诺，过来帮忙搬运，你抬脚，动作要快！"

十时抱起哈罗德的上半身，但班诺动作有些迟疑。他可能无法理解十时为什么会如此在意一个阿米克斯吧，但埃缇卡清楚原因，因为哈罗德是独一无二、无可替代的存在，无论是机体的性能还是他作为搜查官的能力。

即便如此,那也是她最讨厌的阿米克斯,她没有任何理由为之动摇。可等埃缇卡回过神的时候,她已经开始手足无措地帮忙搬运哈罗德,手还在不停地颤抖,简直像个笑话。平日极力压抑的情感逐渐膨胀并溢出。都怪自己,没发现哈罗德在逞强,明明应该极力说服他,叫他回厂修理才对。

不想看到。

再也不想看见搭档倒下的样子了。

为什么现在才有这种想法?不,其实她一直在压抑自己。她只是装作没有任何感觉,强迫自己不去多想而已。

——所以今后请你不要侮辱我的搭档。

不得不承认,听到这番话的时候,一直将情感压抑在心底、习惯逃避责任的自己确实有点高兴。至今迫害了那么多辅助官,这样的自己真是太差劲、太自私了。

那是第一次有人对她说那种话,即便那份善意是程序使然。

从不觉得孤独有什么不好?还是一个人比较轻松?

你这个骗子,明明那么渴望陪伴。

3

等离开修理工厂时,已经是深夜时分。

记忆缝线 1

拉达红星飞速行驶在圣彼得堡市内。今天正值大晦日[①]，街上热闹非凡，人们兴高采烈地穿梭于街头，在地面投下无数暗影。经过特罗茨基桥前时，能看到众多人拿着香槟站在那里，迫不及待地等待新年的到来。

"新年一到，大家就会一起将软木塞喷向结冰的涅瓦河。"

埃缇卡看向副驾驶席。哈罗德正将手臂搭在窗框上，愉快地注视着窗外。现在的他和刚出厂时的阿米克斯一样，身上只穿着一件薄薄的高领衫。他原来穿的毛衣和大衣都被循环液弄脏，没法再用。

目前的情况是，哈罗德的大脑没事。维修人员见到与量产型截然不同的特别机型时，当即面露难色。他表示哈罗德会失去意识，是因为电索导致负荷暂时升高。系统为了尽可能减少循环液外流，自动限制了使用回路，导致他的处理效率降低，最后因超负荷致使机体进入机能限制状态，所以才会突然昏迷。

哈罗德悠闲地说："要不我们也买瓶香槟，一起去参加跨年倒计时？"

"不许开这种玩笑。"

"电索官，这里是俄罗斯。你已经十九岁了，喝酒也不违法。"

"我不是那个意思。"埃缇卡瞪了他一眼，"你现在要静养，明白没？"

"我已经没事了，一点问题也没有。"

[①] 日本传统节日，在每年的最后一天，即12月31日。——译者注

"不行,在二次手术结束之前,你给我乖乖待着。"

其实哈罗德身上的损伤还没有完全修好。他的机体使用的电线似乎与量产型阿米克斯不同,要想完全修好,必须从诺瓦尔机器人公司总部所在的伦敦调货才行,今天只做了暂时性的修补。所幸没有耗费太多时间。

"不想被科长杀掉的话,你最好乖乖听话。你在维修的时候,她都打来两通电话了。"

"两通都是为了共享搜查进展吧?"

"当然也有,听说分局的电索官代替我们潜入了乌里茨基的大脑。不过,那人确实很担心你。"

"可能因为我们都是爱猫人士吧。"哈罗德调侃似的说完,脸上的笑意突然变淡,"抱歉,给你添了那么多麻烦……我本来不想因为我的问题影响电索进度,谁知最后好心办了坏事。"

埃缇卡没有说话,只是将冰冷的手放到方向盘上。哈罗德是因为自己才变成了这样,明明只要稍加思考就知道,这种事应该立刻向十时报告,而自己却选择了盲目相信。他明明保护了自己,自己却因为那点可怜的自尊,对阿米克斯装作漠不关心,最终导致了这种局面。要是哈罗德这次出现什么致命的故障,那就真的无法挽回了。

其实从昨天一起吃完饭回家,在途中被他看穿心思开始,埃缇卡就已经明白。

她口口声声说讨厌阿米克斯,其实不过是为了保住那可怜的自尊

记忆缝线 1

心。然后将这种看似合理的理由当成麻醉剂，注射在父亲造成的伤害上，借此掩盖伤痛。

她早就隐约意识到，澄香根本没错。

"很冷吧。"哈罗德打开了暖气的开关，"你不必在意我。"

"啊……忘记开了。"

"电索官，你撒谎的技术太差了。"

"我才没有撒谎。"她确实撒谎了，"真的只是忘记了。"

过了一会儿，拉达红星驶入莫斯科夫斯基地区，停在了一栋有着淡色外墙的公寓（在日本相当于高级公寓）前。

这里便是哈罗德的家。

埃缇卡一直以为他是归分局所有的阿米克斯。后来也是在离开修理工厂前不久，也就是几十分钟前，才得知他其实有家人。因为一直排斥谈论私事，她完全不知道这件事。所以这次她非常惊讶，也有点受打击。她一直以为他也跟自己一样，是孤身一人。

下车后，哈罗德走路的姿势有点笨拙。因为体内临时用普通电线代替，导致传导率下降，对右腿的影响尤其明显。埃缇卡扶着想要逞强的哈罗德，并肩走了起来。她抬头看了看公寓，无数窗口溢出星星点点的幸福光芒。

不知为何，那抹温暖的色彩反倒令她感到焦虑。像是为了吹散这一瞬间的伤感一般，墙上出现了一则全息广告。系统读取二维码，自动打开了浏览器。真是的，这种时候也不忘打广告。

两人穿过入口大厅，走进了电梯。顿时，尴尬的沉默降临，哈罗德搭在自己肩上的手显得格外沉重。

"电索官，"他开口打破了沉默，"不要因为我的事情怀有罪恶感。"

"我才不会有罪恶感。"埃缇卡依旧嘴硬，明明他说的就是事实，"是十时科长叮嘱我照顾你，我才出手帮你的。"

"我好歹是伤员，这种时候能不能对我坦诚一点？"

"……"埃缇卡咬着嘴唇，不知该如何回应，"我确实有一点担心你。"

哈罗德似乎露出了微笑，但此时的埃缇卡看不到他的脸。

他家在五楼的六十八号房。埃缇卡按了按门铃，怀着忐忑的心情在门前等待。正当她在靴子里伸曲着脚趾时，刚才关闭的浏览器闪过她的脑海。那一瞬间，点和线仿佛连接了起来。

这时，玄关的双重门应声打开，打断了她的思绪。一名身材纤瘦的可爱女性走了出来。她有着精致的五官，一双明亮的大眼睛里镶嵌着两颗淡色瞳眸。她留着一头波浪状的卷发，脖子上戴着项圈，时尚的同时还能遮盖后颈处的接口。

达莉雅·罗曼诺芙娜·切诺瓦，三十五岁。职业，网页设计师。

"啊，哈罗德，分局打电话告诉我了。欢迎回来……"

达莉雅立刻张开手臂拥抱哈罗德，埃缇卡连忙退到一旁。

"修理完了吧？现在没事了吧？"

"现在是暂时出院，不过没有大碍。"哈罗德理所当然似的对她回以拥抱，"达莉雅，抱歉让你担心了。"

这是什么情况？埃缇卡的脸上难掩困惑，再怎么样也太亲密了吧。这哪像是主人和阿米克斯，简直就是……

"你老是爱逞强……就不能稍微考虑一下我的感受吗？"

"我肯定能回来的，之前哪次不是这样。"

达莉雅松开手，哈罗德则露出从未有过的温柔笑容。埃缇卡实在有些待不下去了。

"那个，路克拉夫特辅助官，那我就先告……"

"啊，等一下。"达莉雅立刻出面挽留，"进来坐一下吧，我还要好好谢谢你呢。"

"没事，不用谢。我该回去了。"

"那怎么行，不必客气。"

埃缇卡不擅长也不习惯跟人走得太近，更何况现在的糟糕局面全都是因她而起，何来感谢一说，所以她才坚持要离开。

"电索官，你就答应她的请求吧。进去坐一会儿就行。"

连哈罗德也跟着劝说起来。可以的话，她很想婉拒，可一直这样僵持着总归不太好，最后，她只好点头应允。

刚进玄关，便能闻到室内飘散的柔和芳香。置身于北国屋内特有的温暖空气中，埃缇卡被冻僵的身体逐渐得到放松。

"把鞋子脱在这里吧。"达莉雅指着脚边说，"哈罗德，你快点去休息吧，我来招待她就行了。"

"达莉雅，我跟人类不同，不休息也没事。"

"偶尔听一下我的话嘛。"达莉雅推着哈罗德的背说，"好了，往这边走。"

两人就这样消失在了房间里。埃缇卡只好独自脱鞋，把外套挂在衣帽架上。她无意间看了一眼墙上的镜子，不由自主地用手指理了理头发。我这是在做什么？未免太傻了吧。突然被邀进门做客，埃缇卡十分紧张，她做了个深呼吸，沁人心脾的芳香一股脑地钻入鼻腔。

根本冷静不下来。

她认知里的"家"是一个冷漠无情的地方。

过了一会儿，达莉雅回到玄关，带她来到厨房。里面不算宽敞，但物品整理得井井有条，连冰箱上的磁吸看起来都格外精致。墙上贴着落叶树的装饰贴画，青翠的绿叶悠然飘落。

达莉雅让埃缇卡坐到餐桌前，并端来了红茶和糖煮草莓。

"除夜[①]只有这点东西，真是抱歉。我最近很少做饭……"她坐到了埃缇卡对面的位置上，"哈罗德给你添麻烦了，抱歉呀。"

"没有，那个……其实我才应该道歉。"

何况他这次会受伤，全都是因为自己。

---

① 大晦日的晚上被称为"除夜"。——译者注

"抱歉打扰到你们了,我马上告辞。"

"是我要留你下来的,那个……"

"我叫希尔达。"对了,在民众面前必须做自我介绍,"忘记自我介绍,真是抱歉。"

"当警察的时常这样,不必在意。"

埃缇卡十分不习惯在工作以外的场合与陌生人交谈。她动作僵硬地端过茶杯。不知为何,达莉雅微微笑了笑,脸上露出两个浅浅的酒窝。

"我从哈罗德那儿听说了希尔达小姐的事情,他说你为人风趣可爱。"

"哈哈。"埃缇卡干笑了一声。达莉雅可能不清楚他们之间的关系,这评价怎么听都像是在讽刺她。

"听说他不许你提他被刺伤的事情?那孩子有时做起事来确实很不顾后果,他对待工作太认真了……"

达莉雅的表情十分灵动,整个人充满了活力,跟初次见面的人也能自如地聊天,埃缇卡认为那是一种才能。至少对她来说,除非知道彼此喜欢,否则没办法表现得如此亲切。说实话,她有点羡慕。

"多亏了你,这次才没事。我每天都在提心吊胆,总担心他哪天会小命不保。"

"嗯,今后我会帮夫人看好他,防止再发生这种情况……"

听到埃缇卡这番话,达莉雅惊得睁大了双眼,但她很快又恢复了笑容，放声大笑起来。

"你误会了，他相当于我最疼爱的弟弟，而且我已经结婚了。"

糟糕！埃缇卡顿时为自己的失言感到懊悔。都怪哈罗德，昨晚说什么也有人类和阿米克斯成为情侣，而且他和达莉雅看起来那么亲密，害她误以为是那种关系。

"抱歉啊。"太丢人了，"那个，我刚刚失言了。"

"没事。"好在达莉雅并不在意，"哈罗德是我丈夫带回来的。大概是三年前的事情吧，有一天他突然把那个孩子捡了回来。"

埃缇卡停下了想要端起茶杯的手。

"捡回来？"

"是啊。我丈夫是市警局的刑警，听说是在查案的时候遇到的。他想着刚好我们家没有阿米克斯，于是把他带了回来。"

不是吧……

"所以，他原本是流浪阿米克斯吗？"

"没错，看不出来吧？外形那么精致。他们好像叫'RF型'，据说是赠送给英国王室的阿米克斯，型号十分特别。"

"英……英国王室？"埃缇卡的大脑接连受到冲击，"开玩笑的吧？"

"我本来也不相信。"达莉雅轻声笑了起来。

不是吧，真的假的？

"起初我也觉得不太可能，于是去调查了一下当时的新闻报道，发现确有此事。好像是纪念前女王陛下在位六十周年的礼物，据说哈罗德出厂时是三胞胎，好像还有两个跟他同型号的阿米克斯。"

史蒂夫也是其中之一吧。也就是说，他和哈罗德共事过的地方就是英国王室。

简直难以置信……埃缇卡惊得说不出话来，只得一脸呆愣地注视着达莉雅的脸。确实，哈罗德和史蒂夫一眼就能看出是斥重金打造的阿米克斯……但没想到竟是赠送给皇家的礼物。十时知道这件事吗？

"RF型似乎比普通阿米克斯要聪明得多。就是那个什么来着，次世代型泛用人工智能？据说是投入了大量资金研发的实验性机型……你不觉得哈罗德比普通阿米克斯要更逼真一点吗？或者说更加有个性。"

"嗯，是啊，何止一点……"

"听说这些全都是最新技术的功劳，真是太厉害了。"

哈罗德和史蒂夫虽然机型相同，但性格截然相反。也就是说，这也是次世代型泛用人工智能带来的结果——达莉雅十分认同这个说法，但埃缇卡不太能接受。

她对阿米克斯不是很了解。即便真的引用了"最新技术"，在目前公开的人工智能技术领域，真有办法研发出像他这么接近真人的阿米克斯吗？

"女王陛下几年前就过世了吧？我听哈罗德说，RF型当时遵照陛下的遗言，被捐给了慈善机构。但你也知道，他们是非常昂贵的机型……"达莉雅顿了顿,将茶杯送到嘴边,"所以,后来发生了失窃事件,他们被几个心术不正的人偷走,然后被带去了地下拍卖会之类的地方……再后来,出于各种缘故,哈罗德被迫在圣彼得堡孤零零地流浪。"

埃缇卡不知该露出怎样的表情。她回想起在利格西提听泰勒提到过的史蒂夫的遭遇——史蒂夫不断被人类转卖,身心备受煎熬。看来哈罗德也有一段无比心酸的过往。

只是……

"这些告诉我真的没事吗?你现在说的……"

"这些确实不宜到处宣扬,尤其是王室的部分。不然哈罗德可能又会被不法分子盯上……不过,你是他的搭档。"达莉雅微微一笑,"那孩子也真是的,他为什么不告诉你这些,真是不懂。"

"这个……可能是因为搜查工作太忙了,没什么机会聊彼此的事情。"

埃缇卡明白,是因为她拒绝聊私事,所以,他虽然表面浮夸,但其实一直很有分寸……她喝了一口红茶,味道无比香醇。可不知为何,她的胸口隐隐作痛。

"对了,您先生也调到我们分局了吗?还是说,现在还在市警局?"

埃缇卡放下茶杯,故意转移起了话题。但她很快为自己的提问感到懊悔,因为达莉雅的笑容明显变得僵硬。

"我丈夫……在一年半前过世了。"

淡粉色的嘴唇依然维持着柔和的弧度。

"他被卷进朋友派连环杀人案中，遭到杀害。"

回去之前，埃缇卡去了一趟哈罗德的卧室。想必不用多说，达莉雅会给阿米克斯单独准备房间，显然是十分友好的朋友派。

她敲了敲半掩的房门。

"路克拉夫特辅助官，是我。"

"电索官？请进。"

埃缇卡推开房门。房间以海军蓝和暗褐色为基调，装扮得十分雅致。一面墙完全被置物架覆盖，上面摆放着翻阅过无数次的纸质书籍，还有观叶植物和拉达红星的模型作为装饰。窗边的书桌整理得井然有序，上面摆放着几个相框。照片上是达莉雅和一名俄裔男子。男子身上穿着哈罗德的同款毛衣……原来如此，拉达红星和那身衣服，所有东西都是达莉雅亡夫的遗物。这里原本也是他的私人房间。

一阵苦涩袭上心头。

"达莉雅怎么了？"

哈罗德换上自己的衬衫，坐到床上。起码得躺着吧，不对，阿米克斯在任何姿势下（哪怕是站着不动）都可以进入睡眠模式。

"她在用全息电话跟朋友通信，好像是被拉去参加倒计时派对了。也为了不让她担心，你就乖乖躺在床上休息吧。"

"说过多少次了,我没事。而且我要告诉你,我明天会去上班。"

埃缇卡彻底没了脾气。

"如果是我,我会很乐意休息到零件抵达。"

"而且会直接躺到中午对吧?像只怕冷的猫一样。"

"你闭嘴。听好,这是科长的命令,你给我老实一点……"

"你应该是有话想对我说吧?"

埃缇卡心虚地缩起下巴。他说得没错,原本想找他谈公事的。可被他问起的时候,埃缇卡首先想到的却是刚才达莉雅说起的那些事。

哈罗德的过往。

惨遭杀害的丈夫。

她像是听到了什么不该听的秘密一般,内心莫名地感到别扭。

"电索官,"哈罗德眯起眼睛,"达莉雅跟你说了我的事情吧?"

"没有。"她条件反射地予以否认,"我什么都没……"

"不必掩饰,其实我很庆幸她告诉了你,毕竟只有我知道你的私事,不太公平。"

埃缇卡强忍着叹气的冲动,到底怎么做才能瞒过这个阿米克斯?

达莉雅说哈罗德十分仰慕她死去的丈夫。她的丈夫索宗是一名拥有超强观察力的优秀刑警,培养哈罗德"观察力"的正是他。

一年半前,索宗负责调查发生在圣彼得堡市内的朋友派连环杀人案。

埃缇卡隐约记得，不知出于何种契机，当时各国发生了多起朋友派遇害事件，其中圣彼得堡的朋友派连环杀人案尤为恶劣，因凶手作案手段残忍，这起事件被冠以"圣彼得堡的噩梦"之名，登上了全球各大新闻网站。埃缇卡当时也看过新闻报道——四名受害人当中，三名是平民百姓，剩下一名是负责查案的刑警。

索宗被凶手绑架，下落不明。

当时哈罗德是索宗的搭档，在市警局的抢劫杀人科任职。他凭着现场留下的少许线索，独自展开搜查，比其他同事更快查出索宗的位置。但当时，大伙以哈罗德是阿米克斯为由，不承认他的实力，没有人听取他的意见。他只好独自闯入凶手的根据地。

"那孩子还不成熟。"达莉雅的声音在埃缇卡的脑中回响，"他以为自己一个人也能解决。"

凶手将索宗囚禁在空房的地下室内。哈罗德本想去救他，不料自己也被抓了起来。第二天，警察根据哈罗德的定位信息赶来现场，发现了怅然自失的哈罗德，以及一具四分五裂的遗体——遇害的索宗。

后来，哈罗德说出了真相。凶手花了半天时间拷问索宗，并残忍地杀害了他。最后，为了消除可作为犯罪证据的机忆，凶手从索宗的脑中抽出YOUR FORMA带走了。

哈罗德目睹了全过程，将一切印在了脑中。凶手把他绑在地下室的柱子上，固定他的头，让他没办法将脸别过去。警官们通过哈罗德的记忆目睹了残忍的作案过程，并深深感到恐惧。为了警告搜查人员,将恐惧植入他们心中,凶手故意让哈罗德活了下来。

哈罗德没有明显的外伤,但还是在诺瓦尔总公司接受了紧急维修。毕竟他被强制关在地下室,眼睁睁地看着家人被凌辱致死,自己却无法施救,也无法回避。虽说是不可抗力因素,还是违背了敬爱规约,系统很可能发生故障,所幸他还能保持正常机能。

不过,达莉雅很是不安。她说哈罗德看起来心事重重的样子。

"因为被监禁期间,凶手多次对那个孩子说'你是阿米克斯,所以即便看着主人惨死,也没有任何感觉对吧?你们又没有心,什么都是假的……'一直被灌输这种思想,怎么可能没事。"

埃缇卡想起自己说过的话。

——你们的情感是另一种存在,本质上更加虚无。

为了自己微不足道的自尊,竟然这样深深地伤害他。

"那个……"她舔了舔下唇,上面还残留着红茶的苦涩,"怎么说呢……昨天晚上,我对你说了很多失礼的话……"

埃缇卡不敢看哈罗德的脸。她低下头,用沙哑的声音继续说道:"你说得没错,我……总把跟父亲关系不好这件事怪到阿米克斯头上。我必须把责任推给别人才能让自己保持正常,毕竟我当时还是个孩子。"

这还是埃缇卡第一次对别人说真心话。她一直很排斥被人看穿内心。但如今发生了这么多事,要是还保持沉默,未免太过卑劣。

"其实,我内心深处有个角落十分明白,错的不是阿米克斯,而是父亲……可是，我也不知道该如何放下我的伪装。我为了保护自己，却伤害了你。"

不仅如此，其实……我一直很羡慕阿米克斯。他们懂得如何讨好人，并被人们接纳。我很羡慕他们有这种能力，可我无论怎么做，都无法得到最期冀之人的爱。

不想承认自己是个不值得被爱的孩子，所以把所有事情都怪到澄香身上。因为这样就能骗自己，父亲还有可能爱自己。

这一切不过是痴心妄想，那种可能性从一开始就不存在。

可当时的我幼小而脆弱。

"对不起。"

埃缇卡缓缓抬起头。哈罗德的目光十分平静，他直直地注视着埃缇卡，让她忍不住想要逃离。

"你说的那些话我确实没办法一笑置之，但是……"他低声说，"我的处理方式也有问题。我郑重地向你道歉，抱歉伤害了你。"

他没有说任何安慰的话语，只是低声道歉。绝不触碰对方不可触碰的位置。这种拐弯抹角的温柔，莫名地让人感到不适。

短暂的沉默降临，气氛似乎变得有些沉重。

"电索官，"哈罗德轻声细语地说，"不嫌弃的话，要不要来一次和好的握手？"

埃缇卡露出了疑惑的表情。

"欸？"

"我和达莉雅每次吵架后,都会握手言和,所以,如果你也愿意这样的话,我会很高兴。"

"算了,我跟你还没那么……"

"拜托了。"

哈罗德小心翼翼地伸出手。埃缇卡犹豫了一会儿,见他没有收回,只好笨拙地握住了他的手。哈罗德的手掌有着阿米克斯应有的温度,人工皮肤有着特别的柔滑触感。埃缇卡本想立刻松手,但他迟迟没有要放开的意思。

"握够了没?"

"啊,抱歉。"哈罗德回过神来,迅速把手松开,"第一次见面的时候,你也不愿意和我握手,所以这次非常感慨。你的手好小啊。"

这个家伙……变回原形的速度也太快了吧。

"讨好我你也得不到什么好处。"

"我知道。"哈罗德扬起嘴角,"不过,你其实还挺喜欢我吧?不然怎么会在我倒下的时候,喊那么大声。"

"什么?"埃缇卡顿时浑身僵硬,"你……你怎么知道的?"

"因为阿米克斯的听觉装置只要不关机就可以持续运作,就像人类在睡眠中也能听到声音一样。"

这么说,该不会……

哈罗德柔和地眯起澄澈的双眼。

"你平时也可以叫我哈罗德啊,埃缇卡。"

去死！不对，好想死！

"怎么了？你该不会是害羞了吧？"

"闭嘴！立刻去睡觉！别再起来了！"

"别再起来了？没有我的话，你没办法进行电索吧？"

收回刚才的话。讨厌阿米克斯可能是假的，但嫌弃这家伙是真的。

埃缇卡压抑住内心的焦躁与羞耻。突然，达莉雅的声音在脑中回荡。

"他虽然什么都不说，但我觉得那次的事件改变了他，他变得比以前更痴迷查案，甚至经常逞强。"

"圣彼得堡的噩梦"至今还未侦破，达莉雅说凶手依然逍遥法外。哈罗德接触过凶手，但对方作案时总是蒙面，没办法看清他的长相。除了性别、声音、身高和体格，目前毫无线索。最近这半年，搜查行动几乎中止，勉强只剩寻找目击者。

"哈罗德应该还想继续调查索宗的案子。"达莉雅如此说道，"可阿米克斯不是无权接手案件吗？就在这时候，他接到担任你辅助官的邀请……他是RF型这件事，原本只有索宗和抢劫杀人科的科长知道，可经过那次事件，他的身份在警局高层已经传开了。高层好像发现哈罗德比其他阿米克斯优秀，所以想试试让他当辅助官。"

达莉雅的眼神顿时蒙上了一层阴霾。

"他一定在想……你如此优秀，只要一直担任你的辅助官，总有一天能掌握那个凶手的线索。为了这个，他一定还会继续逞强。我真的很担心……"

"路克拉夫特辅助官。"

埃缇卡能够理解他的心情。但为了死去的索宗，让被留下的达莉雅每天在不安中度日，岂不是本末倒置。

"你有每天等你回家的家人，怎么说呢……家人是十分珍贵的存在，不是想要就能随随便便得到的。"

不像自己，家里从未有人等待。

"你要更在乎自己一点。"

4

不知哈罗德理解了多少，他微微动了动眉毛。

"这句话……是什么意思？"

"听不懂就算了……"

埃缇卡轻咬嘴唇内侧。他是阿米克斯，是可以反复接受修理的机器人，对他来说，人类的不安，不过是一厢情愿的徒劳。可埃缇卡还是想说，为了掩饰内心的尴尬，她故意清了清嗓子。

"对了……忘记说了，我来你房间是为了谈搜查工作的。"

哈罗德用力眨了眨眼。

"可你刚才不是叫我马上去睡觉吗？"

"别在这儿挑刺。"

"你也是不折不扣的工作狂啊。"

"你没资格说我。"埃缇卡用鼻子轻轻吸了口气,"别开玩笑,先听我说。"

哈罗德似乎意识到了什么,立刻收起轻浮的态度。

"我明白了。"

他们对乌里茨基的电索刚开始没多久便被迫中断,如果这个推断是正确的,势必会大大加快搜查进度。

埃缇卡一动不动地盯着哈罗德。

"我好像知道病毒的感染途径了,虽然只是猜测。"

哈罗德稍稍睁大了双眼,但并没有要开口接话的意思,仿佛在等待埃缇卡恶作剧似的补充一句"我开玩笑的"。当然,这并不是玩笑。

"辅助官,你之前说乌里茨基可能是通过一种连感染源本人都无法察觉的形式植入的病毒。当时我回答说除非非法存取,否则不可能办到。但现在,我发现还有一种方法可以办到。"

埃缇卡瞥了一眼窗户的方向。

"就是全息广告的二维码。"

她在进入这栋公寓前,不小心读取了全息广告的二维码,启动了浏览器。她就是在那个时候发现的。对YOUR FORMA用户来说,读取广告二维码,打开浏览器后关闭是日常生活中习以为常的动作,大家都不会特别在意。所以如果感染途径是全息广告，感染源没有发现也很正常。"

"不对，这种推测说不通。"哈罗德轻声反驳道，"如果是通过全息广告的二维码启动浏览器，势必会在YOUR FORMA的记录和机忆里留下痕迹。而且，如果所有感染源都有过这种行为，我们在电索的时候应该会发现。"

"没错，可如果用的是电子毒品用的二维码呢？如果是电子毒品，那就只会读取二维码，既不会启动浏览器也不会留下记录。"

"原来如此。把电子毒品的二维码伪装成普通二维码吗？"

"极有可能。而且，提供广告演算法的是利格西提。乌里茨基可能是利用参访活动窃取了感染源的个人资料，并干扰了演算法，为了不让自己被怀疑，还将病毒代码设置成离职后开始感染。"

"负责调整演算法的本就是利格西提，所以即便受到干扰，也不会被当成非法存取。这也就是为什么没有留下痕迹的原因吧。"

"而且，大家一般会习惯性忽略全息广告，所以调查机忆的我们也没有过多在意，甚至连看都没看一眼。"

应该早点想到这种可能性的。埃缇卡懊恼得想咬指甲。

"如果我推测得没错的话，感染源的机忆中应该会出现相同的病毒全息广告。可事到如今，要如何才能知道是哪条广告导致的呢……啊，可恶，又要从头再来了。"

哈罗德歪着头问："你在说什么啊？"

记忆缝线 1

"我的意思是,要重新对感染源进行电索,找出有问题的全息广告……"

"电索官……"哈罗德无奈地笑了笑,"你忘了我有绝对记忆力吗?"

绝对记忆力。埃缇卡感觉身体有一道电流通过,一时间无法动弹……对啊,阿米克斯能够输出记忆里的东西。她完全忘记这件事了。

哈罗德接触过的感染源只有李,根本没办法找到共同的全息广告。不过,只要能找到不会启动浏览器的二维码,就可以为埃缇卡的推理提供佐证。

"我立刻输出记忆资料,可以帮我拿一下桌上的USB线吗?"

埃缇卡应哈罗德的要求,把线递给了他。他将USB线接到手腕的穿戴式装置上,另一端插进左耳的接口。

过了一会儿,装置的全息浏览器中已经显示出从哈罗德的记忆里提取出的一连串图片信息。不同于机忆,阿米克斯的记忆是以秒为单位记录下来的图片信息。埃缇卡本打算和他一起确认从李的机忆里提取出来的信息,但他却说:"电索官,你最好别看。要是不小心读取到,会感染的。"

他说得有道理。在确认完资料前,埃缇卡只好在一旁等待。一股莫名的紧张感袭上心头。哈罗德以前所未有的精悍眼神迅速筛查着浏览器中的内容——大约过了一分钟。

"找到了。"哈罗德抬起头说,"是宣传内置蓝牙功能的运动鞋的广告,只有这个识别二维码不会启动浏览器。"

李的机忆清晰地在埃缇卡的脑中复苏。在她看到的世界里,确实有新款运动鞋和芭蕾足尖鞋的全息广告并排出现。奥吉耶的机忆里应该也有。她想起来,某个电子装置的广告中确实混入了一双跳动的运动鞋。

果然如她推测的那样。

"遮住病毒的二维码,立刻分享给十时科长。现在还有电索官在分局里调查,应该可以帮到他们……"

门口突然响起了门铃声,打断了埃缇卡的话语,两人不禁面面相觑。

就算是除夜,这种时候上门打扰也不太礼貌吧。

"达莉雅还在通话吧。"哈罗德叹着气说完,艰难地起身,"抱歉,电索官,可以再扶我一下吗?"

无奈之下,埃缇卡只好搀扶他到门口。

推开玄关处的两扇门,两人当即被眼前的光景吓了一跳。

"科长?班诺?"

站在门外的不是别人,正是十时和班诺。两人的表情无比僵硬,十时甚至严肃地双手抱胸。这是她遇到难题时会有的动作。

"希尔达,抱歉啊。为了能尽快找到你,我调查了你的定位信息。"

"这倒没什么……"埃缇卡的脸上难掩困惑,"发生什么事了吗?"

就算有急事,也没理由电话都不打,就直接上门来找人吧。

十时没有回答,只是神色严肃地沉默不语。楼梯间的LED灯将地板照得格外刺眼,正当埃缇卡开口想追问的时候……

"希尔达电索官,"十时带着沉重的呼吸声说,"你已被列为知觉犯罪的嫌疑人,我们负责前来拘捕你。"

欸?

埃缇卡当场愣住,一时间没反应过来。她花了好几秒才理解十时的意思,知觉犯罪……嫌疑人……拘捕……

"抱歉。"她好不容易挤出声音,"你刚刚说什么……"

"重复多少遍都行,你已被列为知觉犯罪的嫌疑人。"

十时重复道。她的眼眸里倒映出埃缇卡摇晃的身影。埃缇卡完全不明白,这到底是怎么回事。

"希尔达,把枪交出来。"班诺厉声说道,"双手抱头。"

"不是,等一下,我……"

"有话回分局再说。"十时立刻打断了埃缇卡的话语,"跟我们走。"

"两位请冷静一下。"哈罗德搭在埃缇卡肩上的手加大了几分力道,像是害怕她被夺走一般,"请详细说说是怎么回事,我们现在一头雾水。"

"有什么好解释的,就是字面意思。"十时的脸上不带一丝表情,如同毫无关系的陌生人,"你们去修理工厂期间,乌里茨基的文件打开了,我们在里面找到了用于知觉犯罪的病毒,希尔达……是你叫他制造的病毒。"

埃缇卡的眼前顿时天旋地转,科长到底在说什么?

"分局的电索官潜入了乌里茨基的机忆。"十时的眼神锋利到仿佛要将人刺穿,"他没你那么优秀,所以花的时间多一些。不过他找到了抹除机忆的痕迹,当中还残留了几个片段。因为是强制抹除的,层级很乱,日期也无法确定……但我们在当中看到了希尔达你的身影,是你威胁并委托他制造病毒,他的机忆里也记录了当时的恐惧情绪。"

"怎么可能!"埃缇卡突然提高了音调,连她自己也吓了一跳,"那是伪造的,我今天是第一次见到乌里茨基。"

"众所周知,机忆可以伪造或抹除,但不可能凭空捏造出一段不存在的内容。至少他和你以前就接触过,这是不容置疑的事实。"

埃缇卡的嘴唇微微颤抖,已经没办法正常发声,她只是茫然地摇头。自己是清白的,从没有捏造任何谎言,可为什么会变成这样,简直太荒唐了。

"我和知觉犯罪没有关系,我真的什么也……"

"你是不是无辜的,接受电索就知道了。"

电索。

挥之不去的恐惧感支配着埃缇卡的心脏。的确，只要让其他电索官阅览机忆，就可以证明她是被冤枉的。办法非常简单，可是……

证明自己无辜的同时，那段机忆也会被人知晓。

不可以！她心想，唯独这点绝对不可以，绝对不能曝光。

可是，除了电索，还有其他方法可以证明自己的清白吗？

"喂，阿米克斯，"班诺咂了咂嘴，"把希尔达交出来，否则你就是妨碍搜查。"

"到底是谁在妨碍搜查？"哈罗德坚定地回道，"恕我失礼，你们都被乌里茨基玩弄了。你们来之前，我们刚找到对搜查有用的情报。十时科长，我们正准备告诉你……"

对搜查有用的情报，病毒的感染途径。这些因素在埃缇卡的脑中碰撞结合，擦出剧烈的火花。可是一旦那么做，自己恐怕再也没办法回到这里了。

怎么办？

她看向哈罗德搭在自己肩上的手，穿戴式装置在袖口若隐若现。

"没事的，我最喜欢埃缇卡了。"

——啊，姐姐……

埃缇卡紧咬嘴唇，口中隐约传来铁锈的味道。

她知道没时间犹豫了，绝对不能再次失去她。没错。不过是被冤枉，靠自己也能洗清嫌疑，一直以来，她都是靠自己解决问题。

"给我适可而止！"班诺厉声怒骂，"快点把希尔达交给我们……"

埃缇卡怅然若失地将手伸向哈罗德的装置,没等他做出反应,她已经启动了全息浏览器。球鞋的全息广告跃入视野,二维码瞬间映入眼中,YOUR FORMA没有任何反应。

但她确实读取到了。

"电索官?"哈罗德吓得屏住了呼吸,"你做了什么?"

抱歉。埃缇卡没有看他的脸,拂开他稍稍缩回去的手,向前冲了出去。

"站住,希尔达!"

"喂,不许跑!"

十时怒吼道。班诺的指尖掠过埃缇卡的手臂,但她还是在关键时刻顺利逃脱。她没有在电梯前停下,而是一口气冲下了楼梯。班诺快步追了上来。他们当然不会放过自己。埃缇卡奋力驱动快要脱力的膝盖,边在心里祈祷千万不要摔倒,边拼命向前跑着。

这一定是最愚蠢的选择吧。不过,这样也好。

唯独这段机忆,不可以被任何人窥见。

5

"所以,路克拉夫特辅助官,到底是谁被嫌疑人操控了?"

公寓底下停满了警车,警示灯闪烁的亮光为外墙镀上了一层鲜艳的色彩。十时从刚刚开始一直不悦地瞪着半空。兴许是在通过YOUR FORMA联系其他成员吧。

"希尔达跑了。如果你一开始就把她交给我们，事情就不会变成这样。"

"你说得没错。我不该那样，非常抱歉。"

面对哈罗德毫无感情的道歉，十时不满地"哼"了一声。

"我也不想相信希尔达是嫌疑人，但这就是我们的工作。如果她不逃跑，我可能还会认为她是无辜的……"

"就算她逃走了，也不一定是因为有罪。"

"我知道你不想怀疑自己的搭档。"十时仿佛在压抑着什么，"我们正在重新调查希尔达的定位信息，那孩子明明最清楚，YOUR FORMA用户想逃亡简直比登天还难。"

说完，十时朝着聚集在现场的警官走去。

哈罗德下意识地垂下视线，手上那把用来当拐杖的伞映入眼帘。埃缇卡是故意先读取病毒才逃跑的。她是想感染病毒，借此让YOUR FORMA陷入无法运作的状态吧。从经过的时间判断，她应该很快就会发病，定位信息也会随之消失。

刚才和埃缇卡握手的时候，从手的温度和出汗状况可以判断，她隐瞒了什么，但这些都不能成为决定性的证据。讽刺的是，她逃走的举动让哈罗德更确信自己的推理是正确的。

埃缇卡总是指责哈罗德的态度轻佻，那是因为身体接触是掌握对方心理状态的最佳方法。轻浮的态度和话语能为分析争取时间，同时还能隐藏自己的真实想法。当然，他不会轻易告知旁人这些，除非实在有必要。搜查时，看起来像真人总比被当成机器人要更容易获得信任，行动起来也更方便。

已经离世的索宗曾说："哈罗德，你是阿米克斯，所以不能带武器，但你的外貌就是最好的武器。"

为了推动搜查进度，他会想办法利用一切可以利用的东西。

"喂，阿米克斯。"

哈罗德应声扭头，看到班诺站在那里。他刚刚跑去追埃缇卡，好像刚到公寓外就跟丢了。他一脸烦躁地瞪着哈罗德。

"我知道了，你也被希尔达威胁了对吧？"

"不好意思，你在说什么？"

"少在这儿装傻。你昨天不是威胁我说，知道我的秘密吗？"

经他这么一说，哈罗德回想了起来。

"是希尔达命令你威胁我的，是吗？"

"不，不是。那是我自己做出的判断。"

"系统让你做出那种判断？"班诺难以置信地挑起眉毛，"不可能，你们的敬爱规约甚至可以纵容你们包庇罪犯吗？"

他真是机械派的典范。哈罗德心想。无论表现得再怎么像人类，阿米克斯也只是电子回路的集合体——有时候，像他这种盲目的机械派反而更好应对。

"终于找到了啊。"班诺突然自言自语道。兴许是通过YOUR FORMA跟十时和其他警官共享了埃缇卡的位置吧。

"啊?"

"怎么了?"

"没什么,希尔达的定位信息……刚刚消失了。"

看来,病毒已经吞噬了她的YOUR FORMA,但班诺他们并不知晓这件事。他疑惑地走向十时,他们似乎都在为无法追踪到埃缇卡的定位信息而倍感困惑。

"派附近的警官前往最后显示的地点。"十时连忙下达指令。

所幸没有任何人注意哈罗德。他利用这个优势,将伞当成拐杖,缓缓向前走去。右腿行动不便着实碍事,被那个妓女捅一刀也确实是失策。不过,也多亏这次意外,才能让达莉雅顺势将他的过去告诉埃缇卡。

博得她的同情,借此打消她对阿米克斯的成见。这一切都在他的计算之中。只是,他没想到埃缇卡会鲁莽地选择逃跑。

哈罗德坐进停在路边的拉达红星。虽然埃缇卡逃跑这件事超出了他的预期,但他十分清楚感染了病毒的她会去哪里。只是这辆车太过显眼,还是找个停车场换成普通的共享汽车吧。

无论何时,哈罗德的目标只有一个,那就是解决眼前的事件。

第四章 证明伴随着痛苦

YOUR FORMA

记忆缝线 1

1

圣彼得堡的街道被染成了一片银白，宛若一面透亮的镜子。道路被皑皑白雪覆盖，路灯和往来的车灯在上面洒下交错的光影。仰望天空，可以看到细长的青烟徐徐升起。

埃缇卡避开监视无人机，躲进了一条胡同里，但今天街上的人格外多。整齐排列的摊铺前挤满了食客，年轻人抱着伏特加酒瓶躺在地上，还有人跟着家人或是恋人一起在街上散步……突然，"砰"的一声，一阵沉闷的声响震动了埃缇卡的心脏。她抬头一看，夜空绽放出一簇灼热的烟火。

是啊，又到了新的一年。

到处能看到彼此分享喜悦的行人。埃缇卡摩擦着手臂，缩起身体向前走去。从刚刚开始，她的牙齿一直不停地打战，光是吸一口气，都觉得喉咙快要结冰了。

这场雪只有自己能看见，真是难以置信。

原来幻觉的影响如此巨大。冻僵的脸颊、刺痛的手指和脚趾，这些感觉都无比真实，怎么也不敢相信那是脑中的缝线让自己看到的幻象。

YOUR FORMA.

一直以来，她只能通过这个接触现实，她的世界局限在这个装置里，也许这是一件十分危险的事情。看着不知道是从上方飘落还是从下方扬起的雪粒，她第一次这么不着边际地想着。

不过，多亏了这种病毒，才能让她甩开十时他们的追捕。

接下来去找比嘉，请她注射抑制剂，再思考如何自证清白吧。她那么讨厌自己，也不知道愿不愿意帮忙，但眼下已经没有其他人可以依靠了——基于这种想法，埃缇卡刚才已经在地图上查到了比嘉入住的酒店的位置。但YOUR FORMA刚停止运作，她就迷路了，即便想用旧路标作参考，身边也没有翻译的工具，她看不懂西里尔字母。

突然，她意识到想去的方向有负责巡逻的监视无人机。

糟糕。

埃缇卡慌忙改变方向，钻进了狭小的巷子里。唯独这里积雪特别深，每走一步都必须拔起陷进积雪的靴子。她拼命想往前走，可腿越来越沉，思绪也开始变得模糊。啊，真不该把大衣放在哈罗德家，埃缇卡搓了搓自己几乎冻到失去知觉的脸颊。

总之，只能凭直觉走了。

离开巷子没多久，雪势变得更大了，风也开始猛烈起来，俨然变成了暴风雪。街景开始变得模糊，霓虹灯逐渐消失在视野中。肩膀不时撞到欢快迎接新年的行人，埃缇卡摇摇晃晃地徘徊着。

她原本很喜欢雪，小时候，姐姐经常会变出雪来，可再怎么喜欢，她也不想要这么大的暴风雪。双手早已失去感觉，难怪感染者们会出现失温症，脚开始麻痹，已经分不清自己到底身在何处。

等回过神时，埃缇卡又来到了某条巷子里，还坐在有着厚厚积雪的地上，背部靠着脏兮兮的墙壁。她完全想不起来自己是如何来到这里的，脑袋像灌了铅一样沉，体内冷到快要结冰，但身体却停止了颤抖。

喧闹声变得遥远，四周一片寂静，只有急促的呼吸声在耳边回荡。

好难受。

我真傻，就算死在这里，也只能算自作自受吧。

一阵强风吹过巷子，埃缇卡经受不住突如其来的外力，整个人倒在地上，脸颊陷进厚厚的积雪里。不可思议的是，她一点也不觉得冷，甚至感觉有些温暖、舒适。如果要打个比方的话，就像父亲的怀抱……不对，那个男人从来没抱过自己，这只是想象，连母亲的温暖都很难再想起。

可姐姐不一样，只有她愿意拥抱我，抚摸我的头，紧握我的手。只有姐姐肯接纳我。

面对肆虐的暴风雪，埃缇卡变得胆怯起来，自尊心也变得脆弱不堪。

很早以前就该放弃一切。当初遵从适应性诊断和父亲的意见，成为电索官，这份工作倒也不讨厌，但与其伤害同事，让他们承受痛苦，我宁愿待在房间里什么也不做，早日结束这凄冷的一生。我本该这么做的，为了身边的人着想，我应该早点……可自己又不是那么善良的人。

姐姐离开后，我在冰冷的家里，将自己塑造成顺从父亲的机器人。我一直都是用这种方式保护着自己的心。让自己随波逐流，不带有一丝想法，不对任何事物执着，不产生任何兴趣。只有这样才能让自己安心，只有装作漠不关心，才能隐藏真正的自己，才能将自己与姐姐共同度过的幸福时光和被人小心呵护的那种安心感紧紧关在内心某个重要的角落，唯有那里不能让任何人窥见。不管是父亲还是其他人，都别想夺走，别想伤害，也别想触碰。

为避免进一步将姐姐从我的世界抹除，我只能这么做。

可我偶尔还是会感到痛苦。这种状态该持续到什么时候？父亲早就死了，可自己却依旧是那个时候的机器人。这种生活方式已经无形中渗透到了身体的最深处，无法摆脱。这样跟那个男人有什么区别？

真不想变成这样的大人。

多想变得像比嘉或者达莉雅那样，任何时候都能毫不掩饰地表达自己的情感，能够坚定地相信别人的善意，依赖他人，懂得如何被爱。

埃缇卡的内心变得极其伤感。意识开始失去界限，逐渐溶解流出。过往的记忆凌乱地飘落、涌现，如同在河面漂荡的树叶，随着水流漫无目的地向前。

"来，握住我的手。"

"是姐姐常用的那种魔法吗？"

"不知道雪能不能积起来呢？"

"埃缇卡想要的话，就会积起来哦。"

"其他人都出现了不适。"

"计划中止了。"

"我明明没事呀！"

"求你们不要杀她！"

"是希尔达先生的女儿对吧，他存放了一封遗书在我们这里。"

哦，这样啊……原来是这么回事啊，知觉犯罪的本质并不是什么病毒。

埃缇卡终于明白了这一点。

然而，她已经爬不起来了。

身体如同一摊烂泥，逐渐崩塌、瓦解。

就在她准备彻底放弃的时候，有人用结实的臂膀抱起了她。

2

吊灯释放出的明亮光线在天花板上蔓延开来。

埃缇卡过了好一会儿才意识到自己已经清醒了。她意识模糊地摸了摸自己的脸颊，发现手指并没有冻僵，触觉也恢复了正常，原本已经完全失温的身体，如今躺在舒适的床上——这到底是怎么回事？

"你醒了吗？"

出现在眼前的人是比嘉，她一如既往地垂着两根三股辫，表情看起来有些紧张。比嘉怎么会在这里？自己明明没找到她所在的酒店。

这时，她猛然惊觉——幻觉里的暴风雪，停了。

"希尔达小姐，我为你注射了抑制剂，和用在李身上的一样，那是一种可以让体内所有装置停止运作的危险药物，必须每十二小时注射一次。"

经她这么一说，埃缇卡的视野确实变得异常简洁。既没有显示时间和气温，也没有跳出烦人的通知，即使想唤醒新闻头条和收件箱，也打不开任何东西，只有比嘉的身影位于视野中央。原来如此，这就是抑制剂的效果，YOUR FORMA完全停止了运作。

看来是她救了自己，绝对没错。

"谢谢你。"埃缇卡用极其沙哑的声音说，"可是，你是怎么把我……"

"我帮你是为了哈罗德先生。"比嘉自顾自地说，"我还没原谅你对李做的事情……还有，那个人真的是阿米克斯吗？"

"欸？"埃缇卡有些怀疑自己的耳朵，"你是什么时候发现的？"

比嘉只是苦涩地咬着嘴唇，没有回答她的问题。她逃避似的从埃缇卡身边走开，室内的状况终于模糊地映入埃缇卡的眼中。这里是酒店的紧凑单人房，一个打开的皮制行李箱正放在窗边的桌子上，里面塞满了手术用具、针筒、小型心电图监测仪、平板电脑等，看来是她当生物黑客用的工具。

埃缇卡摸了摸自己冰冷的额头。房间里没有时钟，自那以后，不知道过了多久。窗外依然昏暗，应该只过了两三个小时吧。

十时他们应该还在四处搜寻自己吧，还是说已经放弃了？

无意间，读取病毒时看到的哈罗德的脸闪过脑海。

"她刚醒来。"耳边传来比嘉的声音，"在这边。"

怎么了？她在和谁说话？埃缇卡缓缓扭头，看到比嘉身旁的人，脑中的雾气瞬间消散，整个人变得无比清醒。

"身体感觉还好吗，希尔达电索官？"

是哈罗德，他的衣着打扮跟之前分开时一样，右手拿着一把伞当拐杖。

他为什么会在这里？难道十时科长他们也来了？

埃缇卡的身体顿时紧绷起来。

"放心吧，"哈罗德露出一如既往的柔和微笑，"科长他们并不知道我们在这里。为了避免定位信息被查到，我把穿戴式装置放在了家里。"

"可是，你的系统也有定位信息……"

"我知道如何中断大脑中的信号，不必担心。"

哈罗德挂着伞走过来，在床边坐下。埃缇卡有些手足无措，强硬地支起上半身。身体像灌了铅一样沉，但跟产生幻觉那会儿相比，已经好多了，脑袋里的朦胧感也已经完全消失。

"辅助官，你……"

如果不是科长派来的，那你为何要来这里？你是疯了吗？涌到嘴边的疑问，很快被哈罗德放在她肩上的手彻底打消。

"我费了好一番功夫才找到你，并拖着行动不便的腿，把你带到这里。要是再晚一点，你可能就性命不保了。"他用从未有过的温柔口吻说，"幸好把你救了回来。"

哈罗德打从心底安心似的眯起眼睛。

这样啊，原来是他把晕倒的自己带到了比嘉这里。埃缇卡想起昏迷之际抱住她的那只结实有力的臂膀。

他是自己的救命恩人。不管接下来充满多少不确定性，至少这件事不容置疑。

"那个……"埃缇卡轻声细语地说，"给你添麻烦了，抱歉。"

"彼此彼此，你不也带我到修理工厂了吗？"

"那不一样，你本来就是因为我受伤的……"

"电索官，"哈罗德缓缓收回放在她肩膀上的手，"我知道你不是嫌疑人，所以我们要好好谈谈。"

站在一旁的比嘉小心翼翼地开口说："不嫌弃的话，我给你们泡杯咖啡吧？"

"这么说，十时科长他们还在找我？"

"没错。在抓到你之前，他们应该不会放弃。"

埃缇卡、哈罗德、比嘉三人围坐在窗边的桌子前。原本摊在桌上的行李箱已被挪走，上面摆放着几杯速溶咖啡，是比嘉用房间里配备的电热水壶冲泡的。

"在这种情况下，如果你也玩消失，会被当成共犯处置吧？"

"可能吧。"他毫不在乎地说，"但我无所谓。"

"你可以不在乎，但达莉雅小姐会担心的，更何况我已经这样……"

"怎么说我都行，不过你应该还有更重要的事情要跟我说吧？"

哈罗德语气平静地说完，端起杯子喝了一口咖啡。埃缇卡紧抓着桌下的膝盖，她知道，哈罗德找到主动感染病毒的她，在危难之际救了她一命，还相信她是无辜的，这点十分难得。

但是……

随之而来的寂静刺激着埃缇卡的每一根神经。

"好厉害。"比嘉开口，"真的可以像人类一样喝饮料……"

她一直好奇地盯着哈罗德手上的咖啡杯。

"是啊。"哈罗德愧疚地垂下眉梢，"比嘉，抱歉吓到你了，我发誓再也不会对朋友有所隐瞒。"

比嘉神色复杂地注视着哈罗德。他会在这个时候向比嘉表露真实身份，可能是因为她"可以派上用场"吧。难道哈罗德早就料到了有这样一天,所以才会拉拢比嘉?不可能,这样未免也太夸张了。

"我……"比嘉舔了舔嘴唇,"还是不敢相信,你竟然是阿米克斯……我一时间有点难以接受……"

"我明白,这种事情需要时间。你可以瞧不起我,没关系。"

"我怎么会瞧不起你呢……"

"但是比嘉,我和电索官想找出嫌疑人,如果可以的话,我想麻烦你再帮我们一把,我会感激你的。"

见哈罗德态度如此真诚,比嘉含糊地点了点头,但埃缇卡很快发现了端倪。

"找出嫌疑人?这我还是第一次听说,乌里茨基不是早就被逮捕了……"

"乌里茨基并不是嫌疑人。"

哈罗德的语气十分坚定,埃缇卡顿时感到毛骨悚然。这跟她在那场暴风雪中得出的结论一样。

说实话,这对埃缇卡来说,并不是什么值得开心的事情。

"乌里茨基只是被真正的嫌疑人利用了而已,他可能真的对知觉犯罪一无所知。是背后的嫌疑人在他的电脑里植入知觉犯罪的病毒,并施加牢固的安全防护,更何况……"

说着,哈罗德放下咖啡杯。

"如果他是嫌疑人,他没有理由伪造机忆,将罪名嫁祸给你。"

"在那之前还有个问题,伪造机忆这件事一般人应该是办不到的。"

"但事实可以伪造，也可以操控伪造出来的事实。请不要转移论点。"

"我没有转移论点，也不知道你在说什么。"

"你其实早就知道了吧？"哈罗德用早已洞穿一切的视线看向她，"你已经察觉到谁是幕后的人了。"

埃缇卡没有说话，她甚至恨不得立刻把哈罗德赶出去。

"只是直觉而已，"她艰难地撬开紧缩的喉咙，"又没有证据，能拿他怎么样。"

"证据当然有，而且就在你手上。"

"欸？"比嘉一头雾水，"可你不是说希尔达小姐是无辜的……"

"是的，她的确不是嫌疑人，但她知道知觉犯罪的手法是什么。"

埃缇卡感到呼吸困难。哈罗德的脸上不带一丝笑意，如冻结的湖面般的眼眸笔直地看着她，当中没有敌意，也没有怀疑，只有坚定的确信。

原来如此。他会背着十时他们跑来这里，不完全是担心感染了病毒的搭档。

是因为他看穿了一切。

"电索官，我一直很疑惑，你为什么不惜利用病毒逃跑。当时你显然很害怕接受电索。"

"不是。"埃缇卡怒气冲冲地反驳道，"只是因为事发突然，我有些慌乱……"

"其实，我想给你看个东西。"

哈罗德从口袋里掏出一张折得很小的纸，小心翼翼地摊开。比嘉好奇地探出身子，埃缇卡却下意识地绷紧了后背。

那是美国报社发行的电子报里某篇报道的打印版。

日期是十四年前的四月六日，上面的标题格外醒目。

《利格西提将发布YOUR FORMA的扩充功能"缠"》。

"从报道来看，'缠'是一个全世代型的情操教育系统。现代社会充斥着各种量身打造的最优化信息，这种环境容易加深用户的排他性，而这个系统的理念就是让用户找回人类的本性。具体做法就是，利用复合实境让用户与儿童AI相处，激发他们身上的利他性情感。"

埃缇卡茫然地注视着报纸。这篇报道她曾经反复阅读过好几遍，所以她很清楚。照片中披露的是记者会的状况，项目成员身着干净利落的西服，站成一排，正中间板着一张脸的不是别人，正是那个男人。

"但在进行运用实验期间，他们发现'缠'存在致命缺陷，开发项目因此被迫中止。整个实验持续了近一年，前面一直很顺利，不料在第十一个月发生了问题。'缠'导入了调节用户体温、通过扩增实境改变气候的功能，但后来程序出现了错误，虽然详情未对外公开，但官方发布信息说，所有参与实验的用户都出现了严重的身体不适，其中一人因处理不及时意外死亡。因体温与气候调节功能的错误运行引发身体不适……你不觉得跟这次的知觉犯罪很像吗？甚至可以说是完全相同。"

埃缇卡说不出话来，她将手紧握成拳，任由指甲陷进肉里。

"后来，'缠'的项目被叫停，开发团队也被迫解散。"哈罗德接着说，"但我没猜错的话，'缠'并没有被销毁，不仅如此，开发团队的人更是借他人之手，偷偷将'缠'植入到了用户的大脑中。"

"那不就是犯罪了吗？"比嘉顿时脸色苍白，"如果真像哈罗德先生说的那样，那他们就是故意把存在漏洞的危险系统植入到大家的大脑里，对吧？"

"不，恰恰相反。嫌疑人就是因为确信不会出现故障，才偷偷将其植入到用户的大脑里。"

"什么意思？"

埃缇卡已经不清楚自己是否还在正常呼吸。

"那人确信，是某人的阴谋导致'缠'出现了程序错误。可以推测，问题的触发器就是这次知觉犯罪所使用的病毒。换句话说，病毒可以将植入脑中的'缠'解锁，诱使程序出现故障。"

"这只是你的猜测。"埃缇卡好不容易才挤出一句话，"利格西提的分析团队认为，病毒只是单纯利用YOUR FORMA的信号影响大脑……"

"利格西提已经被嫌疑人监视了，最好不要轻易相信。"

"而且，你的前提也很奇怪。"埃缇卡的声音难以自控地颤抖起来,"所有用户的YOUR FORMA里都植入了'缠'?你有什么证据?"

"悠聪·希尔达。"

哈罗德精致的唇间吐出了那个令她无比憎恨的名字。

"'缠'的项目领队,也就是你的父亲,把'缠'植入了用户大脑。你应该很清楚这点吧?"

冷静点——埃缇卡极力不让自己的表情产生变化。当然,面对这个聪明的测谎器,这些或许只是白费力气,但她不想轻易放弃。

"没错……我的父亲确实是'缠'的开发者,我承认。"埃缇卡谨慎地组织起语言,"父亲说过,'缠'本是非常正常的程序,是某些人的阴谋让程序出现了错误。那个人为了对抗阴谋,将'缠'偷偷植入到所有用户的YOUR FORMA里……遗书上是这么写的。"

没错,父亲在自杀协助机构放了一封遗书,收信人是埃缇卡。内容很短,他在信中坦白了自己的罪行。这是她第一次收到父亲的信,竟是遗书,真是一点也笑不出来。

项目被叫停后,有关"缠"的资料全部作废,所以父亲为了留下"缠",选择将其秘密隐藏在了所有用户的YOUR FORMA里。

遗书里还再三叮嘱,要埃缇卡为这个罪行保密。

明明可以无视他的嘱托,直接公开事实,告发他的罪行,可埃缇卡还是顺从地坚守至今。

倒不是因为同情父亲,也不是出于亲情,只是为了守住自己的秘密，不让任何人知晓。

然而，讽刺的是，她再次被逼得无路可逃。

"路克拉夫特辅助官，你的推理确实没错。但即便证明了'缠'藏在YOUR FORMA里，也无法说明知觉犯罪和'缠'存在关联。也有可能是嫌疑人知晓当初'缠'出现程序错误的事情，于是模仿那种症状制造出了病毒。"

"没错。换句话说，我们必须有实际证据证明'缠'与病毒存在关联。"

"怎么证明？"

"持有最后一块拼图的人是你，电索官。"哈罗德始终无比冷静，"我知道你跟你父亲的关系不是很好，但你却遵照他的遗愿，一直保守那个秘密至今。其中一定有什么理由吧？"

埃缇卡一动不动地注视着哈罗德，眼神里夹杂着一丝怒气。如果不这么做，他就会踏入埃缇卡不想被人涉足的领域，即便知道已经来不及了。

到头来，不管怎么挣扎，都已经无处可逃。

"你还记得我们初次见面的情景吗？"哈罗德将双手的指尖对在一起，目光全程没有从埃缇卡身上挪开，仿佛连一次呼吸都不肯放过，"我说你'不懂生活情趣，对生活没有太多讲究'，其实你是故意装作漠不关心、无欲无求，借此来保护自己。"

"能不能不要胡乱猜测？"

"你幼儿时期与要求严苛的父亲一起生活，最后理所当然似的扼杀了自己的欲求。按理说长此以往，你早该出现精神疾病了，但你却没有相关病史。这应该不只是归功于与生俱来的精神抗压能力吧？你心里或许存在其他寄托。"

"我才没有那种东西。"

"你那条项链。"

哈罗德看向埃缇卡的胸前，药盒形项链不加掩饰地垂在那里。

"恕我直言，电索官。你不是那种会对饰品感兴趣的人，但如果是药盒形项链，一切也就说得通了，因为里面可以存放重要的宝物。"

"你到底想说什么？"

"你应该知道吧？"哈罗德的脸上没有一丝笑意，"请把药盒形项链里的东西给我看看。"

"是电子烟的电池。"

"不要编这种无聊的谎言。"

"我没有说谎。"

"这也是为了证明你的清白。"

"不可以。"埃缇卡像是突然受到了刺激一般，猛地站起来，"让我一个人静静。"

她冲出房间，逃离哈罗德和比嘉的视线，在大脑一片空白的状态下跑下楼梯。明明哪儿也去不了，等回过神时，双腿已经不自觉地冲向入口大厅。临近深夜的大厅寂静无声，入住登记闸门处空无一人。

记忆缝线 1

她穿过自动门,来到酒店外。

雪花从漆黑的天空缓缓飘落,这些雪花并不是幻觉。刺骨的寒气迎面袭来,她的身体下意识地颤抖起来。说起来,离开哈罗德家后,她身上就只剩一件单薄的毛衣。她一边摩擦着手臂,一边环顾四周。马路对面有一个娴静的圆形广场,埃缇卡像是被什么东西吸引了一般,连忙迈开脚步朝那边走去。喧闹的小镇此刻已经彻底笼罩在寂静之下,路上只能不时看到几个人影,上空也没有监视无人机的动静,更听不到警车的警笛声。几个小时前的热闹景象仿佛一场梦。

为什么?

埃缇卡紧紧握住药盒形项链。

唯有这件事,不想被他发现。

广场上立着一座塔形纪念碑,旁边还伫立着几尊士兵的铜像,塔上挂着"1941"和"1945"的数字。YOUR FORMA已经停止运作,她没办法分析这是什么纪念碑,更没有人会告诉她答案。大概是跟战争有关的东西吧。

好想找个地方藏起来。她心想。

只有这个角落,无论如何都不想被人涉足。

"希尔达电索官。"

回头一看,哈罗德正站在那里。都说了想一个人静静,他却还是跟了过来。埃缇卡背对着他,无助地双手抱胸。

"我不想再多说什么了。"她沉重地呼了口气,"反正即便我不说，你大概也全都知道了。"

"那就来对一下答案吧。"

哈罗德的声音轻轻落在她的背上，并悄然滚落。

不要，别说了！

"电索官，你从不轻易相信他人，更不会将自己的心寄托在别人身上，但你却对我坦白了自己与父亲的关系，还说出了你讨厌阿米克斯的理由。那其实是一种精神创伤，一般人不会轻易说出口，而你为了表示诚意，把这些都告诉了我。"

埃缇卡咬紧牙关，想要借此驱散刺骨的寒冷，以及心头涌起的某种情感。

"你是一个善良敏感的人，却时常装作很冷漠的样子，因为你心中有不想让人知道的秘密。故作高冷可以防止旁人接近，这样对你来说更方便。即便被瞧不起，你也已经习惯了忍耐。"

是啊，没错，就是这样。

"你能独自忍受这些，是因为这十三年来，'缠'一直都在你身边，对吧？"

埃缇卡缓缓转过头，哈罗德依旧目不转睛地注视着她。悠然飘落的雪花触到他的发丝，很快融化消失。

"'缠'的实验对象是十八岁以上的用户，而你的父亲却偷偷把它给了当时只有五岁的你。不知那是他表达父爱的方式，还是为了某种实验……总之，在那个阴暗的家庭里，'缠'成了你的知己，也是你唯一能够信任的家人。"

——"没事的,我最喜欢埃缇卡了。"

"但因为程序出现了错误,项目被迫中断。你不想与'缠'分开,但又无能为力,所以……你复制了'缠'的程序,随身带在了自己身边。"

喉咙冷到快要失去知觉,滑落的呼吸仿佛随时能燃烧起来。

——"我要永远和姐姐在一起。"

对自己而言,"缠"就是真正的姐姐,哪怕她的本质是量产型AI。多亏了她,埃缇卡有生以来第一次体会到了被家人疼爱的喜悦。因为她会握紧自己的手,拥抱自己,把自己当成一个正常人,陪自己聊天。这些不值一提的小事,对她来说却是弥足珍贵的宝物,支撑着她,并为她带来了救赎。

父母从没有爱过自己。

只有"缠"。

项目决定中止的时候,埃缇卡询问父亲理由。但父亲只是重复说"其他参与实验的人都出现了身体不适",不愿意告诉她详情。

"我的姐姐'缠'并没有出现异常,却因为其他'缠'出了状况……"埃缇卡的吐息在空气中摇曳着,"我不希望姐姐被杀死,我不想和姐姐分开,所以……"

所以,把她复制到了储存媒体里。

"所以,你把她放进了那个药盒形项链里面,对吧?"

复制已经下令冻结的程序是违法行为。如果这段机忆在电索时被人看见，必然会彻底失去姐姐，所以她才故意感染病毒，逃了出来，想着只要靠自己的能力抓到嫌疑人，侦破案件，她的机忆就不会被窥见了。

"你是什么时候发现的？"紧握着药盒形项链的手已经冻僵，甚至开始隐隐作痛，但现在这些都不重要。

"你一直在怀疑我吗？"

"不能说怀疑，因为你不是嫌疑人。"哈罗德的口中冒出淡淡白气，"我最先产生怀疑是在搜查利格西提的时候。结束电索后，你的神情有些慌乱；见过泰勒后，这种情况更明显了；当时我就怀疑你们过去应该有过交集。"

"泰勒是个怪人，也许只是因为他说了什么不礼貌的话。"

"不，如果是不熟悉的无关人士批评你，你一般不会放在心上。"

"你又怎么知道？"

"我当然知道。"哈罗德用笃定的语气说，"你的父亲是'缠'的开发人员，这种事情稍微调查一下就能知道。再加上你在电索的时候，听到'缠'这个词显得很慌张，差点发生逆流现象。所以我猜，你跟'缠'很可能存在某种关联，后来得出了'你也是实验参与者'这个答案。"

"即便如此，我现在也没必要随身携带'缠'……"

"或许你没有发现，你是个不懂生活情趣的人，饰品这种东西着实跟你不太相配。所以我猜，这种形状的项链一定存在某种特殊用途，里面一定藏着某种支撑着你内心世界的重要宝物。"

真是个怪物！埃缇卡心想，能够这么快推导出这个答案，简直是怪胎。

见埃缇卡无言以对，哈罗德继续说道："要把这次的知觉犯罪案件与'缠'联结起来，还缺了一个明确的证据。不过，如果嫌疑人的作案动机真像我推测的那样，那他总有一天会对你下手。"

"什么意思？"

"你没发现吗？嫌疑人的目标从一开始就是你。"

埃缇卡没能理解这句话的含义，只是茫然地摇头。

他神色冷静地继续说："如我所料，嫌疑人果然跟你接触了。不过我没想到他会利用乌里茨基将罪名嫁祸于你……不过对我来说，嫌疑人采取怎样的形式都无所谓。"

"你在说什么……"

"要想证明知觉犯罪的手法，'缠'是不可或缺的必要因素。但即便我求你让我看药盒形项链里的东西，你也不会答应吧，除非遇到十分紧急的情况。比如嫌疑人设计让你深陷困境之类的……而我能做的，只有先和你建立起信任关系，以应对那一天的到来。为了让你在紧要关头，愿意把'缠'交给我。"

埃缇卡的下巴不由自主地颤抖了起来，是因为寒冷，还是……

被他操控的不只有比嘉，连自己也被他玩弄于股掌之间。他到底是什么时候发现的？

"电索官，我必须向你道歉。首先是离开餐厅，在途中和你吵架那次，那是我故意的。我并不是第一次听到否定阿米克斯情感的言论，我没必要为之感到气愤，因为你始终对我保持敌对态势，所以我需要创造机会来消除你对我的成见。俗话说'不打不相识'，在人际关系中，冲突是加强羁绊的一种有效手段。"

回想起来，哈罗德的眼神始终给人一种冰冷的感觉。也就是说，无论是轻浮的态度，还是轻佻的话语，都是他精心计划好的。

"让达莉雅告诉你我的过去，也是为了和你拉近距离。"

开什么玩笑！不对，自己早就知道，他的温柔不过是程序使然。可即便如此，还是会莫名地感到高兴，这才是问题的所在。都怪自己太软弱。

啊，总觉得……

"辅助官……"埃缇卡的膝盖不住地颤抖，"到底哪些是你算计好的？"

哈罗德皱起眉头，脸上带着一丝忧伤，但没有正面回答埃缇卡的问题。

"这样啊。"

不知为何，埃缇卡有种心脏仿佛要被碾碎的感觉，自己简直太傻了。

"你早就知道嫌疑人的真实面目和作案目的。你陪比嘉闲逛，也是为了让她在我被嫌疑人盯上的时候出手协助……因为如果我拒绝电索，就需要用到比嘉的抑制剂。"

"她确实派上了用场，对吧？"

"你……"埃缇卡的嘴唇不住颤抖，"在你眼里，身边的人类都只是棋子吗？"

"我只是想解决案件而已。"

"即便如此，你的做法也太不诚实了。"

"是啊。我知道你们人类肯定会有这种感觉，所以像这种真心话，我从没有说给任何人听过。"

"所以，你极力主张的那些仁义道德，也全都是谎言？"

"那不是谎言，我也有良心。非要说的话，我只是觉得在必要的时候，尊重人类的价值观会比较容易得到信任。"

埃缇卡的齿缝间溢出一抹叹息。哈罗德是阿米克斯，但她觉得他比自己更像人类，他懂得为他人着想，知道如何沟通，也懂得爱护家人，他对达莉雅的情感一定是真的吧。

但他在某些方面有决定性的缺陷。

说到底，他还是机器人。

"那么……"埃缇卡咽下口中的苦涩，"你为什么现在要对我说这些真心话？"

"因为我想让你交出对你来说最重要的东西。"

他没有移开视线。曾几何时，自己还羡慕过那双清冷的眼睛。

"身为人类的你或许无法理解，不过这并非程序使然，而是出于我的道德感。想借用别人珍视的物品时，就必须交出自己认为重要的东西……比如说出自己不想被人知道的秘密。这是我表达诚意的方式，希望你能理解。"

"少在这里道德绑架，我还没决定要交出姐姐。"

"电索官，'缠'对谁都可以很温柔，程序就是那样设计的。即使对象不是你……"

"闭嘴！"

埃缇卡终于压抑不住内心的情感，尖叫着打断了哈罗德的话语。她捂住耳朵，蹲了下去。她知道这样做有多幼稚，也知道姐姐对谁都可以很温柔，更知道世界上不只有一个姐姐，可她已经没有其他东西可以依靠了。早知如此，真希望当初没有遇到姐姐。如果从一开始就不知道被人摸头的安心感，不知道被人拥抱时的喜悦，如果从头到尾身边只有那个冷漠的父亲，事情就不会变成这样。

埃缇卡感觉到哈罗德缓缓靠近的气息。他的鞋尖进入视野，但她没有抬头，她抱着腿，甚至不敢用力呼吸。

不要再闯进来了。

"你算计错了。"埃缇卡的视线逐渐变得模糊，"我才没有信任你。"

"是啊，或许吧。你似乎比我想象中还要难相处。"

"你有愿意爱你的家人，但我不一样。一直以来，我只有姐姐。

明知如此，你还是要抢走她吗？"

"没错。"

"呵呵。"她知道这样很幼稚，但还是没办法停下，"破案就那么重要吗？无论你有多想重新开始调查索宗的案子，阿米克斯的能力也没那么容易得到认同。"

"这我当然知道。我也知道，我只能一步一个脚印地努力下去。"哈罗德蹲下身子，单膝跪地，"电索官，接下来是我第二件重要的东西，也就是秘密……如果能抓住杀害索宗的凶手，我一定要亲手了结他。"

埃缇卡抬起头，看着眼前这张做工精细的面孔。依然澄澈的眼睛冷酷得让人感觉不到任何温度。

"什么意思？"

"就是字面意思。"

埃缇卡不禁感到毛骨悚然。达莉雅说得没错，他的内心确实压抑着一股阴暗而可怕的冲动。

"受敬爱规约影响，你无法伤害人类。"

"这可不好说。"

"难道……你想修改程序？被发现的话，可是会被人类销毁的。"

"无所谓。即使落到那种下场，也是我没能救出索宗的报应。"

人造的眼睛或许永远无法因懊悔和愤怒而剧烈燃烧吧。哈罗德低声诉说时眼神依然平静。

在埃缇卡看来，他的所作所为令人作呕。他也很清楚这点，正因如此，他才想通过共享重要之物的方式来表达他笨拙的诚意。如果只是想利用埃缇卡，他完全没必要说真心话，也不必坦白自己的秘密。

还是说，这也是他计划的一部分？

不管怎样……

"不行。"埃缇卡紧咬着后槽牙，低声说道，"我没办法……把姐姐交给你。"

"埃缇卡。"

哈罗德用手轻轻包裹住她紧握着药盒形项链的手。对她那冷得快要失去知觉的指尖来说，连机器人的体温也显得无比温暖。

"你曾对我说过'要更在乎自己一点'吧？那句话应该对你自己说。"

"什么……"

"你已经太久没有正视自己了，你总是依赖着姐姐的残影。这是一件多么孤独的事情，快点醒醒吧。"

这种事情……

"你才应该……更在乎自己一点。"

我办不到。

这太可怕了。

"如果你必须得到姐姐……"埃缇卡用冷到快麻木的双唇放弃似的说，"那就把项链扯下来吧。"

没错，只要他愿意，很轻松就能扯下。埃缇卡缓缓打开失去知觉的指尖，药盒形项链随即滑落，在她的胸前缓缓摇晃。

"我太懦弱了……没有勇气自己拿下来。"

"那么……"哈罗德悲伤地皱起眉头，"难道你对姐姐的爱，是假的吗？"

埃缇卡看着他眼中那个快要消失的自己。他为什么突然说这种话？

"索宗死去的时候，我眼睁睁地看着大家把他的棺木一点点埋上。我很想阻止他们，即使尸体已经彻底腐烂，我也想紧紧地抱住他。但那是我内心的任性想法，索宗不会希望我那么做，所以我怀着对他的敬意和爱意目送着他下葬，没有别开视线。接受离别才是对自己内心的那份情感负责，可你却选择拒绝吗？"

不……

"那不是亲情，什么都不是。说到底，你只是想保护你自己而已。埃缇卡，对你来说，'缠'不是姐姐，而是可以给予你最需要的东西的道具。"

才不是你说的那样。

埃缇卡很想反驳，可怎么也发不出声音。

最需要的东西。自己最想想要来自双亲……来自父亲的爱，她希望父亲关注、爱护她这个女儿，而不是澄香。但'缠'不一样，'缠'总是关注、爱护着埃缇卡，让她感到非常幸福、非常开心，一点也不想失去她。

可是……

"小孩都会不情愿放开布偶,如果没有其他人肯保护自己,更是难以放手。"

我……

"但是……那个布偶,应该没办法再救你了。"

哈罗德的话语残忍地落在埃缇卡的心上。

紧闭的眼睑上,浮现出那天的记忆。

"我要永远和姐姐在一起。"

"缠"要被解除安装的前一天,她溜进父亲的书房,从书桌偷出一个HSB,插进自己的后颈。刚开始复制程序的时候,姐姐试图阻止埃缇卡。这是她第一次看到姐姐如此难受。

那时候,"缠"对她说:"埃缇卡,你听好了,我是你唯一的姐姐。"

没错,姐姐是独一无二的,正因如此,即使其他的"缠"被消除了,她也不想让姐姐死去。但那本身就是一个错误,是幼小的心灵对自己捏造的谎言,不过是自欺欺人的借口。

其实,自己早就发现了。自己出于自私复制下来的东西,早已不是"唯一的姐姐",真正的姐姐,在那天就已经死了,自己一直藏在掌心里的，是早已燃烧殆尽的回忆。

自己只是个渴望被爱的傻孩子。内心声嘶力竭地喊着想要，到头来却什么也没得到。正因为隐约知道自己什么也得不到，才没有勇气承认自己拼命留住的回忆只是烧剩的灰烬，才无法面对现实。

"我懂了。"哈罗德低声地说，"如果你实在没办法放手，那我就强硬地夺走好了。你真的愿意这样吗？"

——不行。

"等一下。"

埃缇卡艰难地睁大眼睛。哈罗德的手在即将碰到药盒形项链前停了下来。

她明白。

总有一天，要结束那段过往。

"没事。"她轻吐了口气，"我自己……可以拿下来。"

她将手绕到脖子后侧，摸到项链的锁扣，指尖已经冻得失去知觉，没法顺利捏住，其间失败了好几次。好几次……现在反悔还来得及，姐姐就在这里，只要带着她逃到某个地方，就可以一起静静地死去。

还是不忍心。

埃缇卡很清楚，正因为一无所有，才更想证明自己对姐姐的爱是真的，否则就会变得和那个只喜欢听话顺从的机器人的父亲一样。

打开锁扣，药盒形项链掉落到掌心上，像冰块一样冰冷、澄澈。没想到这么轻易便取了下来。她拧开轻得出奇的药盒盖子，翻转过来……那个东西轻轻滑落。

如结晶般透明的小型储存媒体。

"路克拉夫特辅助官,这就是……"

——姐姐,抱歉伤害了你。

"你……推理的证明。"

埃缇卡用冻僵的手递出HSB。哈罗德连忙脱下大衣披到她肩上,两人四目相对。在他睫毛上缓缓融化的雪花闪烁着晶莹的光芒。他再次包裹住埃缇卡的手,让她紧紧握住HSB。

"感谢你的勇气。"哈罗德的眼神里蕴含着前所未有的真诚,"我想好逮捕嫌疑人的计划了,你要听吗?"

他应该是想好了如何凭他们几个的力量抓捕嫌疑人吧。现在无法依靠十时他们,因为如果嫌疑人真是他们预想的那个人,那埃缇卡的机忆多半也和乌里茨基一样,被篡改成了对嫌疑人有利的内容。

为了自证清白,只能跟自己做个了断。

不知是幸运还是不幸,身边还有个阿米克斯陪着自己。

"告诉我,"埃缇卡回握住哈罗德的手,"我该怎么做?"

3

史蒂夫回到利格西提总部的时候,已经是晚上十点左右。在浓得窥不见一丝星光的夜色下,一辆厢式货车停在了圆环处。那辆车看着十分陌生,从车牌号码可以看出是共享汽车。一个有着北欧长相的少女坐在驾驶席,上半身靠在方向盘上。史蒂夫觉得有些可疑,于是轻轻敲了敲车窗。

"有什么事吗?"少女摇下车窗,用生硬的英文说,"我在等还在加班的哥哥。这里不可以停车吗?"

有人来接员工并不是什么稀奇事,但开共享汽车难免让人有些在意。不过这种时候,理由要多少有多少,看来是自己太敏感了。史蒂夫对少女道了声歉,从厢式货车身边走开。

走进总部大楼的时候,史蒂夫刚好碰到一个打算下班的员工,两人之前便认识。

"啊,史蒂夫,泰勒先生高兴吗?"

"你在说什么?"

"你刚刚不是搬来一个大箱子吗?还说里面装着要送给他的新观叶植物。"

"没有。"史蒂夫顿感疑惑,"我没有搬过。"

"不会吧,先是腿坏了,现在连脑袋也坏了吗?明天记得请常驻维修工帮你看看。你肯定是一心顾着照看泰勒先生,忘了去维修吧。说不定是因为循环液凝固了哦。"

员工自顾自地说着,快步朝外面走去。史蒂夫低头看了自己的腿,每个部位都正常运作,那个人是不是误会了什么······绞尽脑汁思考许久后,他突然想到一个可能性。

难道……

史蒂夫条件反射地冲了出去。等进入电梯的时候，左胸处用来输送循环液的泵正在剧烈搏动。到底是为什么？明明都没有见过他。这没道理。希望是误会吧。

但他刚走出顶楼的电梯，皮肤下的有机晶体管便开始骚动起来。

通往会客室的门毫无防备地敞开着。

温热的黑暗充斥着每个角落，里面空无一人。史蒂夫思考了一会儿，掀起沙发的坐垫，拿出藏在底下的转轮式手枪。这是泰勒用来护身的武器。

他看了看另一侧的门。幽静的通道笔直向前延伸着，四周感觉不到任何人的气息，即便竖起耳朵，也没有听见任何声响……突然，他发现了异样。

卧室的门开着一条缝。

伊莱亚斯·泰勒的卧室十分昏暗，里面充满了无机质的气味。除了护理用的床、高浓度制氧机以及靠在墙边的办公桌和电脑，房间里再无其他东西，看起来无比单调。多亏了窗户上悬挂的黑色窗帘，倒映在大理石地板上的繁星显得格外清晰。圆顶状的软性屏幕上投影出清晰的夜空，如同一台精美的星象仪。

"泰勒先生。"

躺在床上的泰勒正沉浸在止痛剂当中，正当他在现实与梦境间徘彼时，耳边突然传来一阵熟悉的声音，他撑开沉重的眼睑……是史蒂夫。他穿着寻常那件白衬衫搭配西装马甲，此刻正一脸担忧地凑近看着他。

"阿米克斯护工在忙其他事情，不嫌弃的话，让我来帮您擦身体吧。"

"已经这么晚了啊。"

YOUR FORMA显示时间刚过晚上九点半。从早到晚躺在床上，时间感难免会错乱。

"不好意思，那就拜托你了。"

史蒂夫默默点头，轻轻扶起泰勒的头。泰勒感受着他触碰自己后颈的触感，下意识想起来刚刚他回来时的情形。

"那个大箱子是怎么回事？打开会客室门的时候，我看见了一个大箱子。"即便身患重病，泰勒仍坚持亲自确认来访者的身份，再解除安全系统，"你该不会又从医院带了些没用的医疗器材回来吧……"

"请放心。"史蒂夫面无表情地说，"那是我运人用的东西。"

"你说什么？"

泰勒刚皱起眉头，后颈的接口便被插入了某样东西。史蒂夫连接了HSB，可他为什么要这么做……仔细一看，天花板上的影像也被切换，屏幕上是宣传内置蓝牙功能的运动鞋的广告。

泰勒来不及别开视线，上面的二维码冷不丁地跃入视野。

伴随着一阵"嗞嗞"声，视野中的时钟开始发生扭曲，身体本能地感受到一阵凉意。泰勒即刻唤醒信息窗口，窗口正常展开，但他很清楚，再过十五分钟，这些功能会全部停摆。

"史蒂夫，你……"

他抬起头，看到史蒂夫露出柔和的微笑。那个阿米克斯从来不笑，史蒂夫不会有这种表情。

"终于见到你了，泰勒先生。"

史蒂夫的……和史蒂夫有着相同样貌的阿米克斯从他的后颈处拔出HSB。

"初次见面，你好，我是哈罗德·路克拉夫特。然后……"

哈罗德随即移动视线，泰勒也一脸茫然地跟着看了过去。这才终于发现了站在床脚附近的人影。

"晚上好，泰勒先生。"

宛若从墨汁中诞生一般，房间里冷不丁地出现了一名电索官。

"是你啊。"泰勒的声音十分微弱，如同树叶摩擦发出的声响，"你这是非法入侵，希尔达电索官。"

"没错，我确实没有搜索令。"

拥有革命家之名的天才，此刻已是形如枯槁的老人。头发几乎掉光，极具个性的杏眼也深深凹陷了下去。频繁用药使他脸色黯沉，鼻子里插着氧气管，一身单调的休闲服包裹着肌肉早已萎缩的身体。通过全息模组对话的时候，根本不可能看到他这般惨状。

记忆缝线 1

这就是天才最后的下场吗?

"泰勒先生,我们是前来逮捕你的。"

泰勒微微张开紧闭的嘴唇,艰难地吸了口气。

"我不知道你们在说什么,难道你们认为我就是知觉犯罪的嫌疑人?"

"对,没错。这一切都是你设计好的。"

知觉犯罪的元凶正是伊莱亚斯·泰勒。

埃缇卡和哈罗德的见解一致。

潜入利格西提的行动比预想中要简单。后来,埃缇卡和哈罗德带着比嘉一起离开圣彼得堡,从普尔科沃机场乘坐飞机。当然,如果走正常程序登机,势必会被十时他们发现,所以比嘉向机场出示自己是民间协助者的证明,并将埃缇卡当成阿米克斯进行托运。

她回想起上次跟哈罗德一起乘飞机,他被塞进阿米克斯专用舱时的情景。

"怎么样,确实是货舱吧?"

看着一脸疲惫地缩在狭窄货舱里的埃缇卡,哈罗德莫名地有些开心。其实最令她感到不快的不是狭窄的空间,而是在飞机到站前必须和他贴在一起。毕竟里面挤得满满当当,不管怎样都会挨着对方。

"没办法拉开一点距离吗?"

"也不是不可以,只是这样我就得跟陌生的阿米克斯抱在一起了。"

"那样更好。"

"但我还是觉得抱你比较好。"

"就算你是开玩笑,我也会揍扁你。"埃缇卡忍着头痛,疲惫地呻吟起来,"好想坐头等舱啊……"

"太开心了,你终于理解我的处境了。"

抵达旧金山机场后,三人租了一辆共享厢式货车,一起前往利格西提总部。埃缇卡几人事先打听到史蒂夫会外出。哈罗德故意联系安,打听到了史蒂夫的行程,所以他们才肆无忌惮地从正门进入总部。

哈罗德假扮成史蒂夫,让埃缇卡躲进送货用的大型箱子里,再将其放到推车上。阿米克斯警卫和公司员工叫住了他几次,他撒谎说"箱子里是观叶植物",顺利蒙混过关。没人会想到史蒂夫的兄弟会在深夜造访利格西提。史蒂夫身为泰勒的得力助手,在公司内部备受信任,所以哈罗德坚信这招一定能成功,事实上也确实如此。

但埃缇卡再也不想用这招了。尤其是那个货舱,她可不想再体验第二次。

"泰勒先生,你早就发现我父亲往所有用户的YOUR FORMA里植入了'缠',对吧?"

"我不知道你在说什么,'缠'的项目很早以前就叫停了吧?"

"装傻也没用。"哈罗德晃了晃手上的HSB,"你得知悠聪·希尔达隐藏了'缠'后,第一件事情就是消除了自己大脑里的'缠'。"

不过，我刚才又帮你装上了。"

泰勒垂下薄薄的眼睑，深深地叹了口气。

"你们让我感染，是想证明知觉犯罪是通过'缠'实现的吧？"

"是的。"哈罗德面无表情地点点头，"既然你已经知道了，那我劝你早点坦白比较好。别等到十五分钟后在暴风雪造成的痛苦中忏悔，那可就太凄惨了。"

泰勒不屑地扬起嘴角："你跟史蒂夫真是天差地别……"

"泰勒先生，"埃缇卡轻声叫出了他的名字，"你的目的是把知觉犯罪的罪行嫁祸给我。为避免留下自己的踪迹，你利用了克里夫·索克吧？你早就知道他的真实身份是和黑手党有往来的电子毒品制造者……乌里茨基。"

泰勒没有回答，只是紧闭双眼。

埃缇卡没有在意，继续说："你揭穿了乌里茨基的真实身份，并以此为条件，要求他协助你作案。你不只威胁乌里茨基，在他的电脑里植入病毒，还为了把主犯的罪名推给我，故意让他和我讲话……确切来说不是和我本人，而是和我的全息影像。"

上次造访利格西提的时候，泰勒使用悠聪的全息影像把埃缇卡吓了一跳。父亲早已离世，不可能出现在面前。全息影像做工精细，即使理智上知道是假的，也还是会下意识地当成真的。泰勒说过，那个全息影像是根据利格西提的监控摄像头的扫描数据制作而成。

"前几天，我来利格西提查案的时候，也被监控摄像头拍到了。

于是你利用那些数据制作了我的全息影像,让虚拟的我威胁乌里茨基,为的就是将我是主犯的机忆植入乌里茨基的脑中。"

机忆无法凭空捏造。但正如哈罗德说的那样,事实可以伪造,也可以操控。

"不仅如此,你也对我的机忆动了手脚。你身为YOUR FORMA的开发者,这点小事对你来说易如反掌。"

"你这是污蔑,我什么时候对你做过这种事了?"

"在我拜托你协助搜查的时候。当时我用史蒂夫准备好的HSB,从后颈的接口直接读取了利格西提的员工个人资料。机忆一般在离线状态下管理,只有用HSB直接连线才能加以干涉。你就是用这种方式趁机对我的机忆动了手脚。没猜错的话,你也用同样的方式对其他员工的机忆动了手脚。"

埃缇卡对利格西提的四名员工进行了电索。起初她会注意到乌里茨基,是因为那四个人的机忆中记录下来的情感让她觉得十分怪异。但她现在彻底明白了,那正是泰勒引诱她上钩的手段。

"泰勒先生,"哈罗德说,"要想让计划成功,就必须制作希尔达电索官的全息影像,并且篡改她的机忆。所以你从参加过利格西提参访活动的人当中挑选感染源,有意引导搜查。这一切都是为了把电索官引到这里,也就是利格西提。"

泰勒依然保持沉默。

"泰勒先生,我想知道你的动机是什么。"埃缇卡舔了舔发干的嘴唇，"这起案件跟我的父亲有关吗？"

泰勒用鼻子缓缓呼了口气，伴随清晰的声响，呼吸声悠然落到大理石地板上。他虚弱地睁开松弛的眼睑。

"'缠'原本不是悠聪的项目，而是我的。"

埃缇卡皱起眉头："你说什么？"

"这是事实。难道你没有怀疑过吗？'缠'不过是一个情操教育系统，为什么要附加气候和体温调节的功能？"

确实，埃缇卡也曾觉得姐姐的魔法很不可思议，只是她从小认为"缠"就是这样的存在，从没有深入地思考过这个问题。

"那原本是一个尚在开发阶段的项目，结果他们决定把它用到'缠'上，悠聪出于善意保留了部分功能。要不是他不择手段地抢夺，按理说那应该都是我的功劳……"泰勒伸出消瘦的手臂，抓住侧边的护栏，颤颤巍巍地起身，"电索官，你应该替你的父亲接受报应。"

"果然，是你故意让'缠'出现程序错误……"

埃缇卡突然闭上了嘴巴。泰勒藏在棉被底下的那只手伸到外面，手上紧紧握着一把自动手枪。

紧张感袭向全身。

没想到他藏了一把枪。

"我早就决定了。"泰勒用拇指解除安全装置，将枪口对准埃缇卡，"死前一定要对悠聪复仇……这次一定要让'缠'变成众人口中的祸害。"

埃缇卡强忍着喉咙紧缩的感觉，缓缓举起双手。最糟糕的是，她此次以比嘉的身份来到美国，身上没有携带任何武器。

"泰勒先生，"哈罗德小心翼翼地开口，"请你把枪放下。"

"你给我闭嘴。这是人类之间的问题。"

"不，我……"

"路克拉夫特辅助官。"埃缇卡艰难地开口安慰哈罗德，"没事，不用担心我。"

哈罗德一副欲言又止的样子，但见埃缇卡如此坚持，只好不情愿地退下。

"所以……"泰勒用虚弱的声音说，"你什么时候发现是我的？"

冷静点，他不会立刻开枪。埃缇卡做了个深呼吸。泰勒的眼神和枪口格外冷静，但同时以随时可能扣响扳机的架势死死压制着她。

"在知道自己被冤枉的时候，为了逃走，我故意感染了病毒。看到暴风雪的时候，我想了起来，姐姐……'缠'经常为我表演下雪。后来我终于明白，十三年前到底发生了什么。"埃缇卡垂下视线，"我是父亲秘密进行实验的对象，他没有告诉任何人，当然也包括你。所以其他参与实验的人身上出现异常时，他立刻察觉到是你的阴谋，因为我的'缠'依然正常运作。"

"他一开始就利用女儿设下了防线啊。"泰勒歪起一侧嘴角，"原来如此。果然是个手段高明的男人……"

"我原本很喜欢你的父亲。"他低声说,"我本以为他是我第一个真正的朋友,但是……他背叛了我。"

"确实,父亲虽然存在人格缺陷,但他绝对不会从你这么有才能的人手上抢夺项目。即便他真打算那么做,周围的人也会阻止他。"

"你也知道,我讨厌人类。"泰勒露出了略显自嘲的微笑,"即便项目开始了,我也依然会等研究有一定进展后,再向同事寻求帮助。在那之前,我不会公布任何详细信息。大家都知道我时刻在进行研究……悠聪却利用这一点,抓住我的把柄,借此来威胁我。"

"把柄?"

"从很早以前开始,我就一直很喜欢窥探别人的大脑,并操控对方的思想。"

他的口吻轻佻到令人恐惧。

"我研发YOUR FORMA的初衷是想得到朋友。我讨厌人类,但如果是可以根据自身喜好随意改造的人,应该可以成为朋友吧?所以我一直在利用YOUR FORMA的最优化功能,随心所欲地操控员工们的思想。"

埃缇卡感到有些难以置信,他说的到底哪些是真话?

"确实,最优化可以根据用户的喜好推送匹配的信息,但应该没办法控制别人的思想吧……"

"当然可以,我之前跟你说过吧?人类的大脑具有很强的可塑性,可以灵活应对接收到的信息。"

泰勒丝毫不觉得自己有错。

"因为用户相信接收到的信息是根据自己的喜好最优化的结果，或是最匹配的结果，他们会自然而然地认为那就是自己的喜好。只要让用户本人察觉不出端倪，诱导就算成功了。

"我曾用这种方法让好几名员工的喜好产生了一百八十度的转变。

"比如喜欢咖啡的人变得讨厌咖啡因，鸽子派变成了鹰派，虔诚的基督教徒变成了无神论者……慢慢地，相比打造自己想要的朋友，这些反倒成了我感兴趣的事情。你们每个人都在根据自己看到的东西，重塑着自己的大脑。"

无论他说的是不是真话，埃缇卡都无法压抑住内心翻滚的厌恶感。她近期调查到的伊莱亚斯·泰勒的生平闪过脑海。

他从小便才华出众，年仅十二岁就从麻省理工学院毕业。媒体争相报道，双亲借此大发横财。但他本人对此感到十分不满，十五岁便独立生活，成了出色的实业家。

因为智商过人，他时常被周围的人孤立，所有人都和他保持距离。

十八岁的时候，相关媒体发表了一篇标题为"天才不会感到孤独"的报道，他以损害名誉的罪名控告了那家媒体公司。之后他便把自己关在房间里，从不在媒体上露面，也拒绝和别人直接交流。对于经营公司，他也提不起任何兴趣。虽然和朋友一起成立了利格西提，但他一直甘愿担任顾问一职，将生活的重心放在各种开发研究当中。

"悠聪的直觉十分敏锐,他发现了我在控制别人的思想,于是跟我闹翻,并且威胁我说,不想因为操控信息被逮捕的话,就把手上的项目交出来。"

这听起来很像那个男人的行事风格,在他逼幼小的埃缇卡答应他要求的时候,她就看出来了。父亲为人精明,他擅长利用身边的一切事物,为了满足自己的欲求,他会不择手段。

"他从很早以前就开始构思'缠',但在系统开发方面一直没有进展,所以他可能觉得,利用我的成果会事半功倍吧。"

泰勒与悠聪暗中交易,把"缠"的项目让给了悠聪。

"我无法原谅他。他践踏了我的尊严,背叛了我。所以我故意让'缠'出现程序错误,迫使项目中断,但悠聪还是瞒着我偷偷藏了'缠'……于是我决定将计就计,利用这点对他进行复仇。我把这次复仇行动当成了我人生最后的一场大戏。"

"为什么要选在人生的最后阶段?"

"因为我讨厌人类。我没有完美犯罪的才能,也没有自信能和众多囚犯一起在监狱里生活。至少我不想被捕后过上前途未卜的生活,这是在浪费自己的人生,你不觉得吗?"

泰勒确实拥有罕见的才能,但说到为人,他确实称不上正常。父亲与泰勒都妄想能随心所欲控制别人的一切,完全可以用狂妄自大来形容。

真相终于揭晓,原来知觉犯罪不过是两个狂妄之徒自以为是引发的闹剧。

"但是泰勒先生,我父亲早就自杀了。"

"他还有你这个女儿啊。我本打算再次让'缠'出现程序错误,让你替悠聪接受惩罚,把你塑造成恐怖分子。你是深受同伴信任的优秀电索官,但如果你的真实身份是一个罪犯呢?"泰勒窃笑了起来,"真想让你好好尝尝被信任的人轻视、背叛的滋味。"

深受同伴信任的优秀电索官。

他说的是谁?埃缇卡暗暗心想。对泰勒来说,叛徒朋友的女儿出人头地,或许是件难以接受的事情吧。但那只是旁观者的臆想。自己确实成功侦破了多起案件,却也因此令搭档们苦不堪言。自己不仅没被信任,还一直被疏远。

"看来……我是真的老了。没想到你查到了感染途径,反过来利用病毒成功脱逃,还来到了这里,甚至带着'缠',这些都在我的意料之外。"泰勒突然脸色一沉,"看来我始终不敌悠聪,真是令人火大。他竟然还把'缠'植入到了最疼爱的你的身上……"

"'最疼爱的你'?"埃缇卡实在无法苟同,"那个人才没有疼爱过我。"

"是吗?"泰勒的身体从刚才就开始微微颤抖,像是在抵抗着某种寒冷,"我刚认识悠聪的时候,他还是个善良的普通男人,他深爱着自己的家人。"

埃缇卡不禁哼笑了一声:"你在开玩笑吧……"

"是真的。但你出生后,他被迫与妻子分离,整个人完全变了。他彻底心死,变成了一个冷血的人。我十分同情悠聪的敏感,甚至感同身受。"

那个父亲,爱过自己和母亲?完全无法想象。埃缇卡脑中的父亲一直是初次见面那天的模样。冷酷的表情,无情的约定……不。

"不对,我在婴儿房里见过你。"

埃缇卡回想起来,那句话的意思是,他为了见埃缇卡一面,还特地跑了一趟医院。但那个男人不可能为女儿做任何事情。难道是他随意编造的谎言?

即使是这样,那又如何?

"电索官,我觉得'缠'是他挣扎过的证明。过度最优化的人类会变得脆弱。悠聪跟妻子分开后,因为太过受伤而关上了心房,变得只能够爱绝对不会背叛自己的阿米克斯。那个软弱的男人,唯有将自己人性的部分寄托在了'缠'身上。"

她突然想起那天,堆积在走廊上的淡淡的樱花花瓣。

"因为自己没办法爱女儿,所以才想让AI代替自己去爱吧。为了达成这个目的,他竟然恬不知耻地背叛朋友,夺走项目。真是肮脏而又拙劣的父爱。"

简直荒谬至极。埃缇卡心想。

这些全都是泰勒胡乱编造的谎言。父亲是个为了自己的功绩不择手段的丑陋人类，他从来不曾有过一丝父爱。如今他已不在世上，这些也已死无对证。这段对话本身也毫无意义。

"够了。"埃缇卡愤怒地说，"泰勒先生，你的自白全都被路克拉夫特辅助官记忆了下来，不要做无畏的反抗了，把你的枪交出来……"

"希尔达电索官，快离开泰勒先生！"

突然，耳边传来哈罗德的声音，埃缇卡被吓了一跳。抬头一看，卧室的入口处站着一个人，是史蒂夫。他挺直背脊，双手举着转轮式手枪，枪口毫不犹豫地对准了埃缇卡。

埃缇卡顿时脸色煞白。

"本想在他回来之前结束一切，看来是来不及了。"此前一直保持沉默的哈罗德轻声说道，"史蒂夫哥哥，好久不见。今天总算见到你了，我很高兴。"

"哈罗德，我知道你并不高兴。用这种方式重逢，我也感到很遗憾。"史蒂夫边说着，边缓缓走进卧室，"希尔达电索官，请你现在立刻远离泰勒先生的床。"

"你才应该放下手枪，阿米克斯禁止持有武器。"

"史蒂夫，"泰勒虚弱地叫住了他，"这是我的问题，你退下。"

"先生，您不必弄脏自己的手。电索官、哈罗德，请双手抱头。"

哈罗德默默照办，并缓缓后退，但埃缇卡没有动。她偷瞟了哈罗德一眼，两人相互使了个眼色。

史蒂夫再次重复："电索官，这是第三次了。请你离开泰勒先生。"

"我拒绝。"埃缇卡目光坚毅地盯着史蒂夫，"泰勒利用了你，从伪造病毒解析结果到制作全息影像，他全都指使你做，而你却……"

"他救了我。只有先生没有对我标价，还给了我栖身之所。"

"所以你才没有拒绝他的威胁？"

"不，我是自愿当共犯的。"

埃缇卡咬紧牙关，"这怎么可能……"

阿米克斯的敬爱规约会让他们对持有者做到绝对的尊敬与服从，所以史蒂夫选择间接伤害除主人泰勒以外的人。这也太奇怪了，阿米克斯明明不能攻击人类。

"史蒂夫，"泰勒低吼道，"够了，退下。"

"希尔达电索官，请按照我说的去做，这样我就不会对你开枪。"

"不会对我开枪？史蒂夫，阿米克斯无法对人类开枪。"

"不，我可以。"

埃缇卡顿时心头一颤，这不可能！不对，难道……

"从第一次遇见你，我就感觉你冷漠得一点也不像阿米克斯。莫非泰勒修改了你的敬爱规约？"

"我很正常，我只是明白了敬爱规约的本质而已。"

"……你在说什么？"

"这就相当于人类的信仰之心，我发现即使不信仰人类，也能活下去。"

屏幕的亮光落到史蒂夫的枪口上，反射出一丝寒光。与哈罗德极为相似的冰冷眼眸下开始剧烈燃烧。

"该保护什么，我自己说了算。"

没等埃缇卡开口，史蒂夫毫不犹豫地扣动了扳机。枪火撕裂了黑暗，射出的子弹不偏不倚地贯穿了埃缇卡，她过于纤瘦的身体开始大幅度摇晃。

枪声在墙面上扩散开来。

鼓膜受到剧烈震动。史蒂夫的腹部从正面被射穿，他茫然地弯下膝盖，很快瘫倒在地。床上的泰勒抖动着虚弱的手臂，把枪放下。

"我都叫你退下了！"他失控似的大喊，"这是我的复仇，要杀她也是我杀。我可没有把这个任务交给机器人！"

"先生……"

史蒂夫没来得及把话说完，便瘫倒在地，整个人一动不动，缓缓渗出的循环液在大理石上留下了一块漆黑的印记。

沉重得令人感到耳鸣的寂静瞬间降临。

"接下来是你，哈罗德。"

泰勒重新举起手枪，将枪口对准哈罗德。可悲的老人咬紧牙根，颤抖着虚弱的身体，极力瞄准目标。

"泰勒，在对我开枪之前，请告诉我一件事情。"哈罗德神色淡然地站在那里，用平静的语气问道，"你的世界在下雪吗？"

"在……"泰勒愤慨地说，"早就在下了。"

"这样啊。"他扬起嘴角，露出一如既往的微笑，"这样就证实了知觉犯罪是'缠'导致的，希尔达电索官？"

泰勒转身看向身后，与此同时，躲在黑色窗帘后的埃缇卡奋力扑向他。埃缇卡从奋力挣扎的泰勒手上夺下手枪，扭转他干枯的手臂，然后站到床上，以俯卧的姿势将他制服。

"别动，要是骨折了我可不管。"

"为什么，你……"被压制住的泰勒虚弱地说，"你刚才明明中了枪……"

"全息影像做得太逼真也不是什么好事呢，连制造者都无法辨别真伪。"

哈罗德边说着，边拖动右脚向前走了几步，轻轻踢了踢某个东西。白头海雕激光无人机在地板上滚了几圈。

泰勒凹陷的眼睛逐渐瞪大。

"泰勒先生。"

埃缇卡俯视着曾经的天才，吐字清晰地宣告："你是知觉犯罪的嫌疑人，现在依法逮捕你。"

4

从医院的楼顶可以将旧金山湾一览无遗。海面反射着黎明洒下的微弱亮光,蓝紫色的海面微微波动。邓巴顿桥上往来的车灯逐渐褪去颜色,但整个城市依然还未苏醒。无人机的数量不多,空气带着柔和的透明感。

"辅助官,比嘉怎么了?"

"她在休息室睡着了,应该是累了。"

后来,埃缇卡他们叫了救护车,将快要陷入失温症的泰勒送去了医院。医师表示,多亏有抑制剂,他的症状已经得到控制。

"所以……"埃缇卡靠在栏杆上,轻吐了一口电子烟的烟雾,"十时科长怎么说?"

"她好像在普尔科沃机场查到了比嘉的登机记录。"

身旁的哈罗德说道。他刚借用比嘉的平板电脑和十时通完电话。

"她说明天可能会来这边。她姑且相信了我的说辞,撤销了你的嫌疑。计划很成功啊。"

"谁知道呢……"可埃缇卡高兴不起来,"也许只有现在这么觉得吧。"

他们的努力没有白费,证明泰勒是嫌疑人的材料已经凑齐,但实行计划的过程中,他们也违反了好几条法令。比如,身为人类却伪装成阿米克斯搭乘飞机,在没有搜索令的情况下闯入利格西提,等等。十时知道后,头疼的毛病肯定又要发作了,后续肯定会追究他们的责任。

"不管怎么说,不可否认,一切进行得很顺利。"

"说'一切'太夸张了。不过的确,全息影像的部分很成功……"

埃缇卡毕竟手无寸铁,当然要做好自卫的打算。所以前往泰勒的寝室前,他们先从会客室拿走了白头海雕激光无人机,藏到他的床底下。意识模糊的泰勒没有察觉到,以为全息影像就是埃缇卡本人,但其实真正的埃缇卡一直躲在黑色窗帘后。泰勒为了证明乌里茨基和埃缇卡是共犯关系,前几天刚投射了全息影像。卧病在床的他应该不会频繁使用无人机,所以无人机里很可能还储存着埃缇卡的全息影像数据。哈罗德如此猜测,而实际也确实如此。

多亏了这招,计划进行得十分顺利,除了史蒂夫闯进来的部分。

"没想到泰勒会对史蒂夫开枪。"

老实说,事后想起来还是感觉很糟。等天亮后,史蒂夫应该会被送进修理工厂,头部没有受损,应该很快就能完成修理吧。

"他协助犯罪,让人类面临危险,这是他应得的报应。"哈罗德神色淡漠地说,"至少让他看清了泰勒的本性,也算是好事吧。经过这件事,他应该能清醒过来了。"

"道理是这么说没错。"埃缇卡五味杂陈地关掉电子烟的电源,"但他好歹是你的兄弟吧。你嘴上叫他哥哥,就没有一丝的兄弟情分吗？"

"这就是我们的兄弟情分，而且我不仅是他的弟弟，更是一名搜查官。"

"能对工作痴迷到这个地步，某种程度上也值得尊敬了。"

"不过，你为什么要可怜史蒂夫？他可是试图杀害你。"

"我并不是可怜他，只是觉得……没资格轻易指责他。"

史蒂夫有过痛苦的过往，也许对他来说，泰勒是像救世主一样的存在，会对他如此忠心，也在情理之中。这样一想，反倒会为他感到心痛。

最重要的是……

"史蒂夫对人类起了杀意，还扣下扳机……他所说的敬爱规约的本质是什么？利用那个能让敬爱规约失效吗？"

"我也不懂他说的是什么意思。"哈罗德依然十分冷静，"如果泰勒真的没有改造他，那应该是他本身就存在缺陷吧。"

听着十分可怕，但也不是没有可能。一般来说，在送到顾客手上前，工厂会对阿米克斯的安全性进行再三检查，但负责检查的毕竟是人类，完全有可能存在疏忽，导致史蒂夫的敬爱规约并不完整。

但是……

"如果是这样……"埃缇卡犹豫了片刻，把后半句话咽了回去，"算了……没什么。"

如果是这样，那辅助官，你的敬爱规约在正常发挥作用吗？

记忆缝线 1

——"如果能抓住杀害索宗的犯人，我一定要亲手了结他。"

在那个广场上，哈罗德清楚地对埃缇卡说过这种话。可能只是用词偏激，或是重要之人的悲惨离世让他悲伤不已，所以只能这么说吧。但目睹史蒂夫的行为后，她开始有些怀疑哈罗德是否还保有对人类的忠诚心。她已经无法确信。

即使可以轻易潜入人类的大脑，也无法窥探阿米克斯的想法。哈罗德的内心究竟是顺从的机器人，还是只是假装顺从？

不过有一件事情，她可以确定。

埃缇卡轻轻摸了胸前的药盒形项链，当然，里面是空的，HSB放在了利格西提。她原本以为自己会心痛不已，而结果却是如此平静，原本那么害怕放手的，真是不可思议，也许她一直在等待有人为她创造一个契机吧。

她偷瞟了一眼哈罗德的侧脸。他正用那双冰冷的眼睛望着旧金山湾。冷风撩动着他的金发，此时的他散发着柔和的气场，如同一个随处可见的人类青年。

给予她契机的不是别人，正是他。无论哈罗德的心是什么形状，这个事实都不会改变。对她来说，这样就够了。

"怎么了？"他依然注视着远方，问道，"在想什么事情吗？"

"啊……嗯。"埃缇卡犹豫了片刻，还是决定说出来。

只有大方地说出来,才能让自己的内心不再摇摆。

"多亏了你,我下定决心了。"

"下定决心做什么?"

"我决定辞去电索官的工作。"

为了维持话语的重量,她咬住嘴唇。她本就是遵从适应性诊断和父亲的意见,选择了这个职业。但任由父亲操控的那个不成熟的自己已经和姐姐一同消失了,如今,她已经没有理由再遵守这种无聊的适应性,所以,她想暂时离开这个岗位,给自己一点时间慢慢思考,想想自己究竟想成为怎样的人。

哈罗德并不惊讶,只是稍显落寞地眯起眼睛。

"能够成为你最后一任搭档,我很荣幸。"

"少说那种违心的话。"埃缇卡本想嘲讽他一番,但见他一直盯着自己,她实在没办法说出口,"那个……是你让我察觉到的。"

哈罗德疑惑地歪起头。

"我是说……"啊,果然不该说,可是已经收不回去了,"其实我内心深处有个角落知道,我不能一直这样抓着姐姐不放,但或许是我太懦弱,自己没办法放手。多亏了你对我说那些……"

逮捕泰勒的事情亦是如此,埃缇卡光靠自己恐怕很难办到,这一切都是因为有他的协助才能顺利完成,所以……

"那个,谢谢你……哈罗德。"

啊,什么时候变得会说这种话了,一点也不像自己。

为了掩饰内心的尴尬，埃缇卡抬头仰望天空。黑点状的鸟群正朝着朝霞飞去。

哈罗德迟迟没有说话。不知为何，此刻的他安静得出奇。埃缇卡战战兢兢地偷瞟了他一眼。他正呆站在原地，连眼睛都没有眨一下。

"怎么了？"埃缇卡难掩疑惑地问道，"辅助官？"

"没事。"哈罗德长叹了一口气，胡乱地抓了抓头发。

他究竟想怎样啊？

"电索官，为什么是现在？"

"欸？"

"我是说，你为什么要现在对我敞开心扉？这跟我计划得不一样。"

"不是。"这个家伙在说什么啊？"我才不管你有什么计划。而且，我也没有对你敞开心扉。"

"你从一开始就是这样。本以为已经能顺利地掌控你，结果你总是做出很多让我猝不及防的事情。"

"抱歉，你在说什么？"

"总之，以后请不要这样。"

"我不明白你的意思，不过我后悔向你道谢了。"

"没关系，反正你也没有必要感谢我，我只是想解决案件……"

"好吧好吧。"这家伙到底想怎样啊？"不过，你为什么不想让我再做出这种让你出乎意料的事情？"

"因为……"哈罗德皱起眉头，神色无比凝重，"我也不知道该怎么形容，就是被你突然袭击的话，我会……没办法保持平静。"

难道……这家伙没发现自己在害羞？

但要是戳穿这件事，事情会变得更麻烦，埃缇卡决定佯装不知。

不过，最后还是有所收获，原来哈罗德也有计算不到的事情。

"你在笑什么？"

"没，没笑什么。"

埃缇卡松开栏杆，留下陷入沉思的他，朝前方走去。明明还有收拾残局之类的烦心事等着，埃缇卡的脚步却出奇地轻盈。

突然觉得，一切那么美好。

终 章　冰雪消融

YOUR FORMA

1

十时科长在里昂总部的办公室总是整理得井井有条——除了贴满墙壁的可爱猫咪海报以外。

"所以,你是从什么时候开始产生这种想法的?"

十时在办公桌前撑着下巴,凝视着半空。她刚通过YOUR FORMA看到埃缇卡提交的辞职申请。

"大概从半年前开始,"埃缇卡撒谎说,"我觉得自己更适合做其他工作。"

"我建议你继续和路克拉夫特辅助官搭档,你却要拒绝。这下谜团终于解开了。"十时顿了顿,"希尔达,不是我小看你,你有其他适合的工作吗?"

埃缇卡被戳到痛处,慌忙别开视线:"我接下来慢慢找。"

"能够用到信息处理能力的工作并不多,但如果是谁都能做的工作,早就交给阿米克斯和机器人代劳了,我觉得你很难再找到适合你的就业岗位。你的存款情况如何?"

十时愿出面挽留,自然是件值得感激的事情。虽然她曾经怀疑埃缇卡,但她对埃缇卡的评价依然很高,不仅如此,在这起案件中,最后负责四处收拾烂摊子的也是十时。多亏了她，埃缇卡才能避免遭受停职处分，说起来真有些对不起她。

距离那起案件大约过去了一个月。知觉犯罪的真相刚对外公布，便在民间引起了轩然大波。得知所有人的脑袋里都植入了像定时炸弹一样的"缠"，会陷入恐慌或是感到愤怒也是理所当然。利格西提的股价大跌，员工每日忙着处理投诉，感染者们也对公司提起了诉讼。

伊莱亚斯·泰勒被逮捕后也遭到了起诉，但他还没等到第一次开庭便悲惨离世。台面下的搜查工作仍在继续，相关人员正在对从泰勒的遗体中取出的YOUR FORMA进行数据恢复，同时也对利格西提的相关人员展开了调查。史蒂夫被诺瓦尔机器人公司接回了总部，接受敬爱规约调整的同时，还要协助搜查。

另外，由于需要电索的阶段已经过去，埃缇卡已经被调离这起事件。

经过这起事件，利格西提对YOUR FORMA进行了系统更新，彻底消除了"缠"的数据。埃缇卡也因此摆脱了幻觉症状，恢复了正常的生活。

"明白了，那我就直接问吧。你想辞职是因为我那时候怀疑你吗？"

"那件事我们双方都无可奈何，就不用再提了吧。"

在那种情况下，十时别无选择。倒是埃缇卡临时逃脱，导致误会加重，显然是她的过错更大。

"我很感谢科长，连我复制的'缠'也得到了很好的处理……只是接下来，我需要一点时间好好思考。"

"看来你去意已决。"十时毫不掩饰地叹了口气，"你可是侦破这起案件的英雄。说实话，你要是辞职了，局长可能会气得炒我鱿鱼。"

"不会的。而且就算我辞职了，分局也还有路克拉夫特辅助官在。"

"他是阿米克斯，出于立场的原因，他的实力不会轻易得到认同。"

"尽管你对RF型的评价很高，是吗？"

"……辅助官告诉你的吗？"

"听说他是次世代泛用型人工智能。"

"这就是我没告诉你的理由，明白了吧？"十时的表情有些僵硬，"单是作为皇室的贡品，就已经足够珍贵了，更何况他还是市面上没有流通的次世代规格，这种事情可不能随便对外说，我想你应该明白……"

"我当然不会泄露出去。"毕竟他如此稀有，确实不能怪上层刻意隐瞒。

"即使是优秀的RF型，他也依然是阿米克斯，这是无法改变的事实。即使能力得到认可，实力恐怕还有待考察。"十时边说着边传来一条信息，埃缇卡的视野中弹出一个陌生的邮箱地址，"是这样的，我一个朋友在找精通电子犯罪的顾问。如果你找不到工作，就联系他试试吧。"

埃缇卡用力眨了眨眼睛，也就是说……

"我批准你辞职了。"

"谢谢科长。"

"听好了，你要工作到这个月底。"

"当然可以。"难得科长接受她的任性，埃缇卡深深低下头，"非常感谢您。"

埃缇卡走出办公室的时候，恰好撞见班诺，他似乎也有事要找十时。班诺最近完全康复，以辅助官的身份回到了办案现场。

"我决定辞职了。"

听到埃缇卡的话，班诺没有特别惊讶，也许他觉得埃缇卡只是在开玩笑。

"没有比这更好的消息了，我决定今晚开瓶好酒庆祝一下。"

他阴阳怪气地说完，连忙挥手驱赶埃缇卡，戒指在左手的无名指上闪闪发亮。看来他和那位未婚妻已经和好了，不过，这些已经不重要了。

埃缇卡回到自己办公桌的时候，发现桌面上放着一封信，是比嘉寄来的第一次定期报告。埃缇卡打开信封，摊开传统式信纸，上面写着晦涩的萨米文字，YOUR FORMA准确地翻译了过来。简短的报告过后，中间附上了一条私人信息。

"之前我说你'不是人',真是抱歉。"

案件得到解决,她的心情也缓和了不少吧。后面她提到李已经出院,两人现在在一起生活,还写信给了哈罗德,等等。看来比嘉即便知道他是阿米克斯,也依旧无法抑制对他的仰慕之情。

等到午休时间,就去买点信纸来回封信给她好了。埃缇卡想着。因为她也有几件事情必须向比嘉道歉。

*

离职后的这一个月时间里,她过上了无比自由的生活。

说具体点,她几乎每天都待在里昂的家中无所事事,有时躺在床上懒洋洋地看书或是电影,直至睡着。偶尔会去隆河河畔散步,模仿法国人买自己谈不上喜欢的巧克力可颂。甚至一时兴起决定戒烟。辞去工作后,她的YOUR FORMA十分安静,这让她再次意识到,自己私下确实没有朋友,信息和电话功能从没有响起过。

日子一天天过去,她开始思考自己今后想过怎样的人生。其实她觉得自己做什么都可以。比如利用她天生过人的信息处理能力,考几本证书后,进入IT类的公司工作;或是当个被世界遗忘的人,搜集卖不出去的纸质书籍,开间二手书店。不过,这些都是不切实际的幻想。

等她回过神时,自己已经开始怀念电索,开始回忆坠入某人脑海时的感觉，回想和哈罗德斗嘴，在寒风刺骨的圣彼得堡度过的那些时光。

不知道他后来怎么样了。埃缇卡很想知道，但又没有特意联系他的理由，所以，她尽可能不让自己想起来。

冬天即将结束的时候，她去了一趟东京。她没有回那个空荡荡的老家，只是朝隅田川眺望了半晌便回来了。她只在那儿逗留了短短几个小时，甚至都没来得及吃美味的日本料理，只是盯着浑浊的河面看了几个小时便离开了。这简直是在浪费钱。她心想。

老实说，她不知道该去哪里。还以为不当电索官后，一定能找到其他出路，以为只要辞去这份工作，自然就能找到自己真正想做的事情。

结果什么也没找到，倒是怀念电索的心情与日俱增，简直像疯了一样。

某天下午，她想起十时给她的邮箱。

在整理公寓房间的时候，她顺便清理了一下YOUR FORMA的收件箱，结果那个邮箱地址冷不丁地跳了出来。说实话，她犹豫了很久，不知道该不该删掉。她总觉得，要是留下它，一切又会回到从前。窗户恰巧微微敞开，一阵轻柔的香气从窗口吹入，瞬间融化了她那颗固执的心。

春天到了。

<h2 style="text-align:center">2</h2>

当前气温摄氏八度，服装指数B，建议穿厚款外套。

抵达圣彼得堡的普尔科沃机场时，埃缇卡后悔没有系条围巾过来。本想着四月了，温度应该很高，没想到这个城市依然冷得刺骨。埃缇卡在圆环处抬头望了望天空，头顶乌云密布，看来很快要下雨了。

埃缇卡先前联系了一位自称是华生的私家侦探。她本想先通过全息电话面谈，但对方似乎有电话厌恶症，所以才决定像这样直接见面。

不过，没想到地点又是圣彼得堡。

几个月前在这里度过的日子历历在目。遇见哈罗德，不时被他耍得团团转，单方面得到他的帮助……总之发生了许多事情。本以为那起案件让自己有了实质性的改变，可等回过神来，自己又开始接触起了侦查电子犯罪方面的工作。

看来除了这个，她找不到第二种合适的生活方式。但这次，她并非受他人指示，而是自己做出的决定。

刚过约定的时间，一辆车丝滑地停到埃缇卡面前。似曾相识的红褐色车身、棱角分明的车型、圆形的车头灯……YOUR FORMA自动分析起车型。不对,等一下,不用分析自己也很清楚。

是拉达红星。

心头顿时升起一股不祥的预感。对啊,那个执意不让她离开的十时,怎么会那么干脆地通过辞职申请,现在想起来,这当中必然有猫腻。

正当她感到手足无措时,驾驶席上走下来一个人,是一名有着高加索人种样貌的男性,年龄在二十五岁左右。他有着无比精致的五官,一头金发用发蜡整理得一丝不乱,后脑勺的头发微微翘起,右侧脸颊上有一颗淡淡的痣。他潇洒地甩动毛呢大衣。更正一下,不是有着高加索人种样貌的男性,而是仿照高加索人种男性制造的阿米克斯。

"我可想你了,希尔达电索官。"

哈罗德带着一如既往的完美微笑,迫不及待地抱住了埃缇卡。

"哎呀,你开始戒烟了啊?你好像很紧张呢,在飞机上居然只点了一杯咖啡,还特地带了镜子整理自己的头发?"

开什么玩笑!你怎么会在这里?给我一个合理的解释!在喊出内心的困惑前,埃缇卡先用力将哈罗德推开,抬眼瞪着乖乖松手的他说:"这是怎么回事?"

"就是这么回事。"

"真是搞不懂。"埃缇卡确实一头雾水,"我又不是来见你的!"

"你现在见到的可是三个月没见面的搭档啊,不应该表现得更高兴一点吗?"

"闭嘴。"这人还真是一点都没变,"华生侦探在哪里?电子犯罪顾问的工作是怎么回事?"

"那都是十时科长骗你的。"哈罗德得意地说着,丝毫不觉得自己有错,"确实有华生这个人,但他并不是私家侦探。另外,正在招募电子犯罪顾问的其实是圣彼得堡分局。只不过他们吩咐了,如果有名叫埃缇卡·希尔达的人前来应聘,那就必须雇用其为电索官,而并非顾问。"

这到底是什么情况啊?埃缇卡岂止是生气和困惑,整个人都吓到虚脱。还以为自己已经走上了人生的岔路,那这几个月的思考算什么啊?原来自己从一开始就是一条被养在鱼缸里的鱼,开什么玩笑……

"不要露出这种表情嘛,科长也是为了你好才这么提议的。"哈罗德的温柔口吻让埃缇卡感到厌烦,"而且,你自己也开始怀念电索了,对吧?"

确实,埃缇卡无法否认,她甚至差点忍不住点头——不对,等一下。

"如果真如你所说,这一切都是科长的谎言。那她怎么会提前准备好那种邮箱,她事先又不知道我会辞职……"

两人注视着彼此,陷入沉默——突然,埃缇卡好像意识到了什么。

弄清楚事情的始末后,埃缇卡顿时火上心头。

"路克拉夫特辅助官,你是不是提前告诉科长我会辞职?"

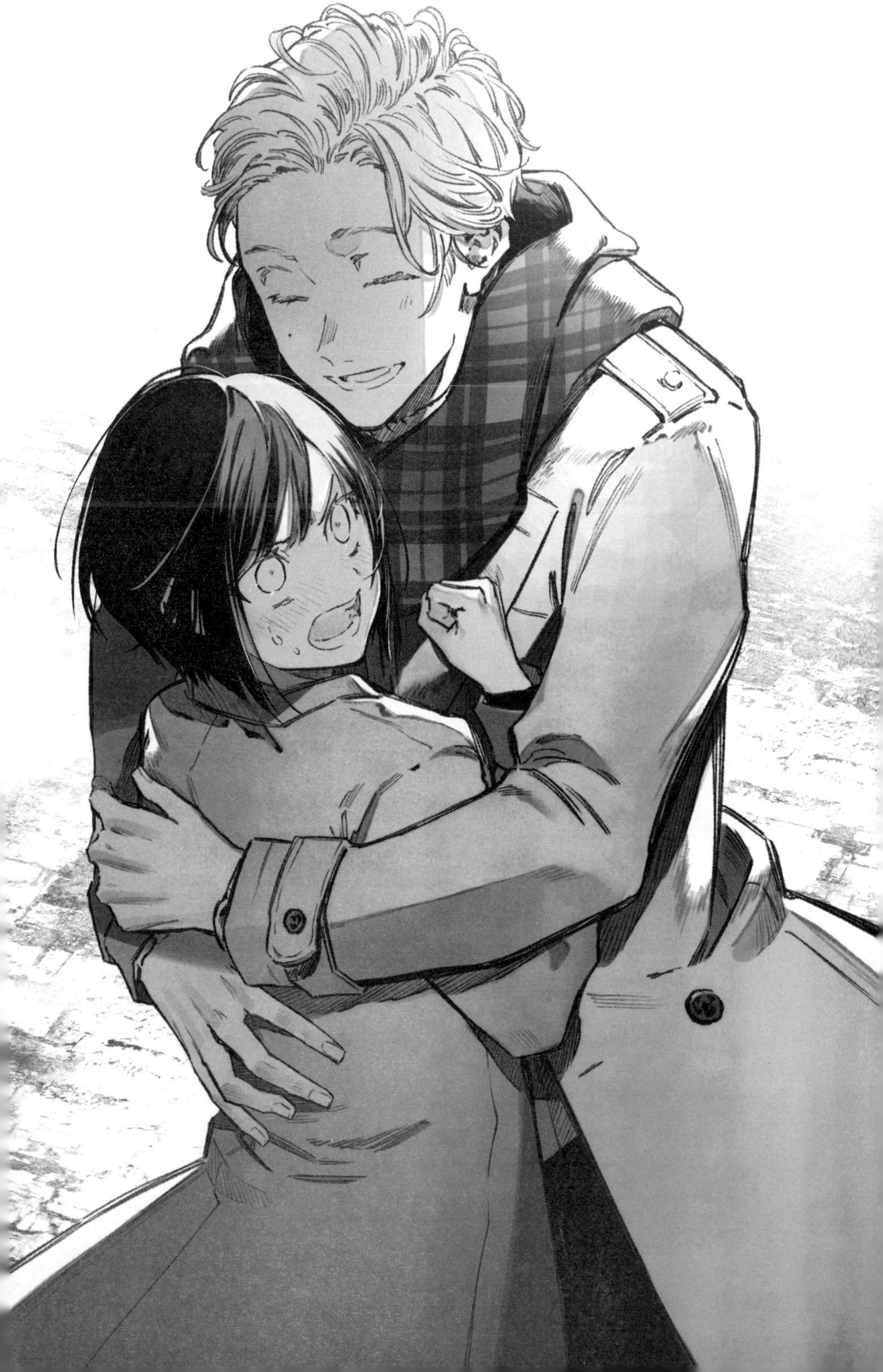

"怎么可能？"哈罗德的表情看起来十分诚恳，"那是你的私事，我怎么可能告密。"

"不许撒谎，你这个可恨的策士！"埃缇卡忍不住抓住他的大衣前襟，"肯定是你给十时科长出的馊主意吧！科长本想推荐我继续和你搭档，她根本就没想过放我离开，所以她肯定会配合你的计划。简直难以置信！"

"你冷静点。"哈罗德拉开埃缇卡的手，直接顺势握住，无论她怎么挣扎也不肯放开，"我只是给你提供了一个选择，至于是否回来，由你决定。你是自愿做出的选择，可没理由怪我哦。"

"那我还是重新考虑好了。"

"为什么？"

"什么为什么……这次的辅助官还是你吧？"

"那是当然了，莫非你有什么不满？"

"你凭什么觉得我没有不满？这点就让我非常不满。"

"你宁愿烧断其他辅助官的脑神经，也不想跟我搭档吗？"

拿这个逼问她，也太卑鄙了吧。埃缇卡恨得咬牙切齿。十时不清楚他的本性。这人为了达到目的，可以毫不犹豫地把旁人当成棋子利用，他拥有机器人无比冷酷的一面。

"我有很多话想说，不过说了也是白说，算了。"埃缇卡从哈罗德的手中抽回自己的手，塞进大衣口袋里，"可你为什么要拐弯抹角地做这么多？就算你什么都不做，想回来的时候，我也会想办法回到这里的。"

"因为我还找不到答案,我需要你的帮助。"

埃缇卡皱起眉头问:"你在说什么啊?"

"还记得那起案件后,在医院的楼顶,你坦诚到可怕地向我道谢那件事吗?"

"记得啊。我的道谢竟然让你感到可怕,真是抱歉。"

"是啊,真的太可怕了。可不知道为什么,后来我一直心神不宁,到现在还找不到理由。所以我想,只要跟你待在一起,我早晚能找到答案。"

"什么?"

"而且……"哈罗德露出了无比真挚的表情,"回到这个岗位才是你想要的。我们彼此的利害关系一致,对吧?"

开什么玩笑!埃缇卡彻底无言以对。他竟然为了那种理由设计套路自己,简直愚蠢至极。早知道当时就不应该在心底窃笑,若是那时候把真心话告诉他,事情是不是就不会变成这样?

"路克拉夫特辅助官,"她无奈地叹了口气,"其实,我知道你为什么会心神不宁。"

哈罗德疑惑地歪着头:"真的吗?"

"当然是真的,你那是害羞了。你因为我突如其来的道谢感到很难为情,自尊心也受到了些许伤害。仅此而已,非常简单。"

"不对,你错了。"

"哪里错了？你不是很会观察吗？对自己的心思却这么迟钝？"

"你瞎说！能不能不要随便编个答案报复我？"

"我没有啊。不过你不得不承认，你的确很会算计，但不太擅长应对突发状况……"

"埃缇卡，"哈罗德把脸贴到她耳边，吓得她浑身僵直，"'你适合穿蓝灰色的外套'，那句话你还记得啊，确实很适合你哦。"

埃缇卡回过神来，低头看了看自己的穿着。身上这件依然崭新的蓝灰色大衣是这几个月思考人生目标的时候无意间买下的。当时只是想着改变一下穿着或许可以转换心情。当然，自己完全忘了这家伙说过这么一句话，真的。

"不对，你记得很清楚，你只是在掩饰自己的害羞。"

"才没有，我也是现在才想起来的！我不会再穿了！"埃缇卡没好气地瞪着哈罗德，"你这才是在报复我吧？"

"我怎么可能做出那种幼稚的行为。"他露出令人厌烦的得意微笑，"好了，上车吧，到了分局之后，我要先带你去你的工位。"

啊，真是的！埃缇卡精疲力竭地坐进拉达红星的副驾驶席。车子里依旧冰冷刺骨，她暴躁地用力按下暖气开关。这一切真是糟糕透了。她本想这么抱怨，但不可思议的是，她的内心莫名地感到踏实。

但这次绝对不要感谢他。

等哈罗德坐进驾驶席，埃缇卡直勾勾地盯着他问："所以，华生到底是谁？"

"哦，是我啊。"他随口答道，"和史蒂夫一样，我也有个中间名。我叫哈罗德·华生·路克拉夫特。所以，唯独这个不算撒谎哦。"

"中间应该是名字才对。"

"阿米克斯的中间名都是用姓氏，你不知道吗？"

"总之，不管怎么说，你都是个大骗子！而且比起华生，你更像福尔摩斯吧？"

埃缇卡没好气地挖苦道。但哈罗德丝毫不在意，不仅如此……

"能跟你这样斗嘴，你回来的感觉变得更真实了。"

说着，他露出了愉快的笑容。见对方这么高兴，埃缇卡也不好再说令人扫兴的话，反正，那个表情也是计算好的吧。

真是的，埃缇卡已经不记得这是第几次叹气了。

"你还真是个了不起的搭档啊。"

"多谢夸赞。今后也请多多关照，电索官。"

哈罗德伸出手，埃缇卡不情愿地将其握住。不知为何，总感觉干燥的人工皮肤的温度比之前还要温暖。为什么会有这种感觉？突然觉得自己有点可笑。

等两人松开手，拉达红星顺畅地向前驶去。

后 记

特此声明，本作会涉及少数民族和信仰，这并非有意否定特定的民族、宗教和神佛的存在。作品中的组织均为虚构，与现实存在的团体、人物概无关系。

本书出版的时候，得到了多方人士的帮助。

给予本作"大奖"荣誉的第二十七届电击小说大奖选考委员会的大家，编辑部的各位，请允许我致以由衷的感谢。感谢责编由田对原稿提出的宝贵建议，能对摸不着方向的新人给予如此多的关照，真的万分感谢。感谢插画师野崎Tsubata，我依然记得您初次为本作设计角色插画时的激动心情。是您为埃缇卡和哈罗德注入了生命，非常感谢。谢谢漫画家如月芳规创作出如此精美的宣传漫画，感激之情无以言表。

说来惶恐，在这里还要感谢帮助我想到这个笔名的J氏，以及给予我诸多支持的朋友们。另外还要特别感谢伯父伯母、困难时给予我支持的母亲以及去世的父亲，特别感谢你们。

菊石Mareho　2021年1月

下卷预告

埃缇卡恢复了电索官的身份。然而,一个邪恶的黑影悄然出现在她面前……

新事件的关键线索落到了三胞胎中的最后一人手中——

记忆缝线 2

~待续~

北京市版权局著作合同登记号：图字 01-2024-4567

YOUR FORMA Vol.1 DENSAKUKAN ECHIKA TO KIKAIJIKAKE NO AIBO
© Mareho Kikuishi 2021
Edited by 电击文库
First published in Japan in 2021 by KADOKAWA CORPORATION, Tokyo.
Simplified Chinese translation rights arranged with KADOKAWA CORPORATION, Tokyo through TUTTLE-MORI AGENCY, INC., Tokyo.

图书在版编目（CIP）数据

电索官埃缇卡与机械装置搭档 /（日）菊石 Mareho 著；
（日）野崎 Tsubata 绘；青青译 . -- 北京：台海出版社，
2024.10. -- （记忆缝线）. -- ISBN 978-7-5168-3955
-3

Ⅰ. I313.45

中国国家版本馆 CIP 数据核字第 2024GU2325 号

记忆缝线：电索官埃缇卡与机械装置搭档

著　　者：[日]菊石 MAREHO	译　　者：青青
责任编辑：员晓博	插画绘制：野崎TSUBATA
装帧设计：程　然	

出版发行：台海出版社
地　　址：北京市西城区红莲南路 57 号　　邮政编码：100055
电　　话：010-64041652（发行、邮购）
传　　真：010-84045799（总编室）
网　　址：www.taimeng.org.cn/thcbs/default.htm
E - mail：thcbs@126.com

经　　销：全国各地新华书店
印　　刷：河北朗祥印刷有限公司
本书如有破损、缺页、装订错误，请与本社联系调换

开　　本：880 毫米 ×1230 毫米		1/32	
字　　数：116 千字		印　　张：8.75	
版　　次：2024 年 10 月第 1 版		印　　次：2025 年 4 月第 1 次印刷	
书　　号：ISBN 978-7-5168-3955-3			

定　　价：48.00 元

版权所有　　翻印必究